河出文庫

お前らの墓に
つばを吐いてやる

ボリス・ヴィアン
鈴木創士 訳

河出書房新社

目次

お前らの墓につばを吐いてやる

序文

フランス人とアメリカ人のいわゆる会合で、ジャン・ダリュアンがサリヴァンに出会ったのは一九四六年七月頃である。二日後、サリヴァンは彼に原稿を持ってきた。

その間、サリヴァンがダリュアンに言うには、彼は赤道を越えたけれど、自分のことを白人という以上に黒人であると見なしているということだった。周知のように、毎年、何千もの（法律によってそのように認められた）「黒人」たちが人口調査のリストから消えて、反対側の陣営に移っている。黒人に対するサリヴァンのえり好みが、「善良な黒人たち」、つまり文学作品のなかで白人たちに親しげに背中を叩かれている連中に対する一種の軽蔑を彼に吹き込んだのだ。白人と同じように「無情な」黒人を想像できるし、出会うことさえできるべきであると彼は考えていた。サリヴァンがこの短い小説のなかで個人的に証明しようとしたのはまさにこのことであるし、版元のジャン・ダリュアンはある友人を介して知己を得ると、ただちにその小説の完全な出版権を獲得したのだった。すでにアメリカの出版社にコンタクトをとってはみたものの自国での出版の試みが虚しいものに終わることを思い知らされたばかりだったので、サリヴァンはなおさら原稿をフランスに置いていくことを躊躇しなかった。

ここでは、著名なわれらがモラリストたちは、いくつかのページに対してそれらのいささかやり過ぎの……リアリズムを非難するだろう。これらのページとヘンリー・ミラーの物語との間の根本的な違いを強調することはわれわれには興味深いことだと思われる。ミラーはどんな場合もためらうことなく最も激しい語彙に訴えかける。反対にサリヴァンは、むき出しの語句を用いるよりも、いくつかの言い回しと構成をとおしてそれとなくほのめかそうと考えているように思われる。その点で彼はよりラテン的であるエロティックな伝統に近づいているのだろう。

しかも、これらのページにはジェームズ・ケイン[1]（著者は、小説原稿あるいはその他のものであれ、技巧による一人称の使用を正当化しようとはしないが、この前述の小説家は、最近アメリカで一冊にまとめられ、フランスでサビーヌ・ベリッツによって翻訳されたケインの三つの短い小説を集めた選集『似たような三部作』の一風変わった序文のなかで、その必然性を主張してはいるのだけれど）だけでなく、同じくチェイス[2]ならびにおぞましい犯罪物の他の支持者といった最も現代的な作家たちのきわめてはっきりとした影響も見出される。この点でサリヴァンは著名な先人たちより実際にもっとサディスト的であることを認めねばな

1　ジェームズ・M・ケイン。二十世紀アメリカの作家、ジャーナリストであり、アメリカ版ハードボイルド、犯罪小説の先駆者のひとり。多くの出版社に拒否された処女作『郵便配達は二度ベルを鳴らす』はベストセラーとなり、のちに四度映画化された。

2　ジェイムズ・ハドリー・チェイス。二十世紀イギリスの犯罪小説家。『ミス・ブランディッシの蘭』はセンセーションを巻き起こし、すぐさま日本語を含む数ヶ国語に翻訳され、ベストセラーになった。小説の描写は凄惨で救いがない。「大衆版フォークナー」と呼ばれた。

らないだろう。彼の作品がアメリカで拒否されたことは驚くにはあたらない。刊行の翌日に発禁になることは請け合ってもいい。その内容自体について言えば、人がそれについてなんと言おうと、いまなおいじめられ脅かされている人種における復讐への好みの現れを、「ほんものの」白人の支配に対する一種の悪魔祓いの試みをそこには見てとらなければならないが、これは新石器時代の人間が罠のなかに餌物をおびき寄せるために矢に射られたバイソンを描いたのと同じやり方であり、本当らしさへのかなり著しい軽蔑だけでなく、同じく大衆の好みへの譲歩も見てとらねばならない。

残念ながら、楽園アメリカは、ピューリタンやアル中や物分かりの悪い手合いの選ばれた大地なのだ。フランスでは、さらなるオリジナリティーを発揮しようとしゃかりきになっているとしても、大西洋の向こうでは、証明済みの決まり文句をぬけぬけと利用することになんの痛みも感じない。たしかに、それは大衆をうまく言いくるめるありふれたやり方なのである……

ボリス・ヴィアン

1

バックトンに俺を知っている奴はひとりもいなかった。クレムがこの町を選んだのはそのためだった。もっとも、たとえ俺がおじけづいていたとしても、これ以上北上を続けるにはガソリンが残っていなかった。せいぜい五リットルだ。俺のドル紙幣とクレムの手紙、持っていたのはそれだけだ。俺のスーツケースのことは言わないでおこう。中に何が入っていたのか覚えていない。車のトランクにはガキだった弟の小さな拳銃、取るに足りない安物の二十五口径が一丁入っていた。保安官が弟を埋葬させるために死体を俺たちのところに持ってくると言いにきたときあいつのポケットにまだ入っていたやつだ。俺は何よりもクレムの手紙を当てにしていたと言うべきだ。なんとかなるはずだったし、なんとかしなければばならなかった。俺はハンドルの上に置かれた手や指や爪を見つめていた。それにケチをつけられる奴なんかほんとうにひとりもいなかった。その点ではどんな危険もない。たぶん俺は難局を切り抜けようとしていた……

兄貴のトムは大学でクレムを知った。クレムは兄貴に対して他の学生たちのような態度をとらなかった。彼は兄貴にすすんで話しかけてくれた。二人は一緒に酒を飲み、クレムのキャデラックで一緒に出かけた。トムが大目に見られていたのはクレムのおかげだった。クレムが工場の親方として父親の後を継ぐために出発したとき、トムもそこを出て行こうと考えたにちがいなかった。トムは俺たちと一緒に戻ってきた。大いに勉強したので、新しい学校の先生に任命されるのに造作はなかった。それから弟の件がすべてをおじゃんにした。俺はといえば、何も言わないために偽善を決め込んでいたが、弟はそうじゃない。彼はなんの不都合もないと思っていた。それで娘の親父と兄に弟はやられたのだ。

そういうわけで兄貴がクレムに手紙を書いたのだった。俺はもうこの地方にいることができなかったし、なんか職を見つけてやってくれと兄貴がクレムに頼んだ。そんなに遠くなく、兄貴がときどき俺に会うことができて、それでいて誰も俺たちのことを知らないような遠くの場所。俺の顔つきと性格からすれば、危険はまったくないと彼は考えていた。たぶん兄貴の言うとおりだったが、ともあれ俺は弟のことを忘れはしなかった。

　バックトンの本屋の雇われ店主、これが俺の新しい仕事だ。前の店主と連絡をとって三日で仕事を覚えなければならなかった。奴は別の経営に鞍替えして、出世もしたし、先々はした金を残したかったのだ。

　日が照っていた。通りはいまはパール・ハーバー・ストリートと呼ばれていた。クレムはたぶんそれを知らなかった。標示板の上には古い通りの名前も読めた。二七〇番地にその店があるのが見えたので俺はナッシュを入口の前に止めた。店主はレジの後ろに座って、明細書に数字を書き写していた。扉を開けると奴が見えたが、険しい青い目をして淡いブロンドの髪の中年男だった。

「いらっしゃい、何かご用で？」

「あなた宛の手紙を持ってきました」

「ああ！　いろいろ説明しなきゃならんのはあんたですな。その手紙を見せて」

彼はそれを取って、読み、ひっくり返すとまたそれを俺に返した。

「複雑なことじゃない」、彼が言った。「在庫はこれだけ。（奴はまわりをぐるっと指差す仕草をした）。計算は今夜で終わるね。販売、広告、その他もろもろについては、会社の監査官の指示とあんたがこれから受け取る書類に従ってくれ」

「流通ですね？」

「そういうこと。支店がいろいろあるんだ」

「わかりました」、俺は同意した。「何が一番売れ筋ですか？」

「そりゃ小説さ。三文小説だが、そんなことはわれわれには関係ない。宗教書もまあまあだし、教科書もそう。子供の本は多くは出ない、まじめな本もだめだ。そっちの売れ行きを伸ばそうとしたことはないね」

「宗教書は、あなたにとってはまじめな本じゃないのですね」

奴は舌でべろっと唇をなめた。

「言ってもいないことを言わせなさんな」

俺は心の底から笑った。

「悪く取らないでください、俺だってそんなものたいして信じちゃいないので」

「そうかい、ひとつ忠告しておこう。そういうことは連中に気取られちゃいかん、日曜ごとに牧師の話を聞きに行きなさい、そうでないと、連中は即刻あんたをクビにすることになる」

「おお、大丈夫ですよ」、俺は言った。「牧師の話は聞きに行きますから」

「さてと」、一枚の紙を俺に差し出しながら彼が言った。「こいつを確かめてくれ。先月の会計だ。ごく簡単なことさ。すべての本は本店から受け取る。出入りを考慮に入れて三通書類をつくるだけでいい。連中は半月ごとに金を集めに来る。あんたは小切手で払ってもらう、しょぼい歩合で」

「それを見せてください」、俺が言った。

俺は紙片を取ると、客が棚から出したのにきっと片づける暇がなかった本でいっぱいになった低いカウンターの上に座った。

「この辺りじゃするることがありますか？」、俺はさらに彼にたずねた。

「なんにもないね」、彼が言った。「正面のドラッグストアーに女の子たちがいるな、それに二ブロック離れたリカルドの店のバーボンくらいか」

ぞんざいな態度だったが、嫌な奴ではなかった。

「どのくらいここにいるんですか?」

「五年だ」、彼が言った。「あと五年はなんとかしなくちゃな」

「それからは?」

「あんたは好奇心旺盛だな」

「あなたのせいですよ。どうしてあと五年って言うのですか? なんにも聞いちゃいないのに」

彼の口元が和らぎ目尻に皺がよった。

「あんたの言うとおりだ。そうだなあ、あと五年はやってそれからこの仕事から手を引くよ」

「何をするんですか?」

「書くんだ」、彼が言った。「ベストセラーを書く。ベストセラーだけを。歴史もんだとか、黒人が白人と寝てもリンチにならない小説だとか、郊外の場末の薄汚れた泥棒仲間のなかにいても悪に染まらず成長できる純真な若い娘たちの小説とか」

彼は薄笑いを浮かべた。

「ベストセラーだ！　そのあとはすごく大胆で独創的な小説だ。この国で大胆にやるのは簡単さ。みんながうやうやしく見ているものを口にすりゃいいんだ」

「うまくいきますよ」、俺が言った。

「きっとうまくやれる。すでに六冊は準備万端さ」

「売り込んだことはないのですか？」

「出版社にコネがないし、それにつぎ込む金もない」

「それでどうするんですか？」

「まあ、五年もすりゃ、金もたまる」

「きっとうまくいきますよ」、俺は結論を言ってやった。

店の切り盛りなんて実際単純なものだったが、それからの二日間はやることには事欠かなかった。注文リストを整理しなくてはならなかったし、それからハンセン――それが店長の名前だった――がお客の耳よりな情報を提供してくれたが、そのうちの幾人かは規則的に彼に会いにやって来て文学談義をするのだった。奴らが知っていることといったらせいぜい『サタデイ・レヴュー』か、ともあれ六万部は出ている地方新聞の文学欄から知ることのできるものに限られていた。さしあたって俺は、お客の名前を覚えて、奴らのツラを忘れないようにし、奴らがハンセンと議論するのを聞くだけにした、というのも他の場所以上に本屋で重要なことは、買い手が店に足を踏み入れるやいなや名前で呼んでやることだからだ。

住居については、彼と折り合いをつけていた。彼が住んでいた向かいのドラッグストアーの上の二部屋を受け継いだ。部屋が空くまで、ホテルで三日過ごすために彼は数ドル前払いしてくれたし、彼に対する借りが増えないように、気をつかって三度の食事のうち二度は一緒に食事に招いてくれた。いけてる奴だった。ベストセラーの話では彼に対してうんざりしていた。いくら金が欲しくても、普通はこんな風にベストセラーを書いたりしない。彼にはたぶん才能があった。俺は彼のためにそう願った。

三日目、昼飯の前に一杯やりにリカルドの店に俺を連れていってくれた。十時だったし、彼は午後には出発しなければならなかった。

俺たちが一緒にとる食事はこれが最後だった。あとは、客を前にして、町を前にして、俺はひとりっきりになるだろう。頑張らなくちゃならなかった。とにかく、ハンセンを見つけたのは何という幸運だったろう。自分の金だけだったら、ガラクタを売って三日間を過ごしたことになっただろうが、しかし俺はぎりぎりのところで元気を取り戻していた。俺は足取りも軽く再出発したのだった。

リカルドの店は、どこにでもある、こぎれいで、けちなところだった。揚げタマネギとドーナッツの匂いがしていた。カウンターの後ろで、どこにでもいるような奴がぼんやりと新聞を読んでいた。

「何にしましょう?」、彼が聞いた。

「バーボンを二つ」、目で俺に問いかけながらハンセンが注文した。

俺は承諾した。

ウェイターは俺たちに氷とストロー付きの大きなグラスを渡した。

「俺はいつもこうやって飲むんだ」、ハンセンが説明した。「無理にとは言わないが……」

「これでいいですよ」、俺が言った。

氷入りのバーボンをストローで飲んだことがなければ、それが生み出す効果を知ることはできない。口蓋に火花をつけられるようなものだ。甘い火、すごいぜ。

「いけますね」、俺は同意した。

俺の目はふと鏡のなかに映った自分の顔にとまった。完全にイカれてるように見えた。すでにしばらく前から俺は飲んでいなかった。ハンセンが笑い出した。

「大丈夫だよ」、彼が言った。「すぐに慣れる、残念ながらね。まあ」、彼が続けた、「次に飲みに行くビストロのウェイターには俺の癖を教えなきゃならないがな」

「あなたが行ってしまうのが残念です」、俺が言った。

彼は笑った。

「もし俺がとどまるのなら、あんたはここにいられないじゃないか！……いや」、彼が続けた、「行っちまうほうがいいんだ。五年以上いるなんて、くそくらえだ！」

彼はたった一息でグラスを飲み干すと二杯目を注文した。

「おお、あんたもすぐに慣れるさ」、奴は上から下まで俺を見た。「あんたは感じがいい。あんたのうちには人にちゃんと理解されないものがある。あんたの声とか」

俺は笑って答えなかった。こいつはどうしようもない奴だった。

「あんたの声はハリがありすぎる。歌手じゃないのか？」

「おお！　ときどき歌いますよ、気晴らしに」

もういまは歌をうたっていなかった。以前は、そう、弟の事件の前は。ギターの弾き語りもやっていた。ハンディーのブルースや、ニューオリンズの古い歌、ギターで作曲した他のやつも歌っていたが、ギターを弾く気をなくしてしまっていた。俺には金が必要だった。うんと。他にもいろいろやることがある。

「その声があれば、女はよりどりみどりだ」、ハンセンが言った。

俺は肩をすくめた。

「興味がないのかい？」

奴は平手で俺の背中をポンと叩いた。

「ドラッグストアーの辺りをひと巡りしてみろ。女がせいぞろいしてる。彼女たちはこの町にクラブを持ってるんだ。ボビーソックスのクラブさ。いいかい、赤いソックスを履いて縞のセーターを着て、フランク・シナトラにファンレターを書いてる若い娘たちさ。ドラッグストアーが彼女たちの本部だ。もう見かけただろ？　いや、そりゃないか、あんたはほとんど毎日店にいるからな」

今度は俺がもう一杯バーボンをお代わりした。手や、足の先まで、そいつはからだじゅうをかけめぐった。向こうじゃ、ボビーソックスの女なんて見かけなかった。いてほしかったのに。十五、六の、ピチピチのセーターの下で乳首のとんがった少女、彼女らはわざとそうやっているし、ズベ公たちは効果のほどを熟知している。それにソックスだ。どぎつい緑かどぎつい黄色のソックス、ペタンコの靴のなかでまっすぐピンとしたやつ。それからゆったりとしたスカート、まるい膝小僧。いつも地べたに座り込み、脚を広げて白いパンティを見せている。そう、俺はそいつが好きだ、ボビーソックスの女の子たちが。

ハンセンが俺を見ていた。

「みんなそこらをうろうろしてるぜ」、彼が言った。「心配はないさ。彼女ら、あちこちいろんなとこを知っててあんたを連れてってくれる」

「俺をスケベ扱いしないでくださいよ」、俺が言った。

「何言ってんだ」、彼が言った。「俺が言いたかったのは、ダンスに行ったり飲みに連れていってくれるってことさ」

彼はにやにやした。俺はきっと気がありそうなツラをしていたんだ。

「面白い娘たちだぜ」、彼が言った。「そのうちあんたに会いに店に来るよ」

「店で何をするんですか?」

「俳優のブロマイドを買ってくれるし、それにたまたまみたいな顔して、精神分析の本を全部だ。つまり医学書だ。みなさん、医学のお勉強をしている」

「よし」、俺はぶつぶつ言った。「いまにみてろ……」

今度はつとめて無関心を装わねばならなかった、ハンセンが話題を変えたからだ。それから昼食をとって、午後二時頃に彼は出発した。俺は店の前にひとりとり残された。

2

たぶんすでに二週間ほどたった頃だろうか、俺は退屈しはじめた。そのあいだじゅうずっと店に居どおしだった。売上げの調子はよかった。本は飛ぶように売れたし、広告のほうは、あらかじめ準備万端怠りなかった。会社は毎週委託の本の包みと一緒に、絵の入ったチラシと、関係のある本の下か目につきやすいように、ショーウインドーのしかるべき場所に置ける折り畳みパンフレットを送ってきた。四分の三の時間は、商売用の要覧を読んだり、本を四、五ページぱらぱら繰って本の内容を大雑把に理解すればよかった――大雑把というのは、つまり、絵入りのカバーや、パンフレットや、ちょっとした略歴のついた著者の写真といった、あれらの小細工にひっかかるろくでなしの相手ができれば十分ということだ。本はとても高いし、しかもそういったものはどれも何かのためになる。まさにこれこそ連中が良き文学を買おうなんて気がない証拠だ。奴らはクラブが薦める本、話題になっている本を読みたがっているし、中身なんかどうでもいいのだ。

いくつかの本については、陳列するようにという但し書き付きで、配布用の印刷物を大量に受け取っていた。俺はそいつをレジスターのそばに積み上げて、それぞれの本の包みのなかにひとつずつ押し込んだ。ピカピカした紙に印刷されたものを断る奴なんかいないし、その上に何か文章が書いてあれば、それこそこの町の客のような連中に話してやるべき事柄なのだ。本店は少しばかりスキャンダラスなすべての本に対してこの販売方法を取っていた——しかもそういった本は午後のうちに陳列棚から消えていた。

ほんとうのことを言うと、実際には俺はうんざりしていたわけではなかった。だけど商売の毎日の手順では機械的にうまくやれるようになっていたし、他のことを考える余裕があった。これが俺をいらつかせていた。あまりにうまくいき過ぎていたのだ。

いい天気だった。夏が終わろうとしていた。町は埃臭かった。川のほうへ降りていって、木蔭で涼まなくちゃならなかった。到着してからまだ外出していなかったし、周囲の田舎のことは何も知らなかった。少しばかり新しい空気が必要だと感じていた。だがとりわけもうひとつ別の欲求も感じていてそれが俺を悩ませていた。女が必要だったのだ。

その夕方、五時に鉄のシャッターを閉めると、店に戻っていつものように水銀灯の明かりで仕事をするのをやめた。帽子を取ると、上着を腕に抱えて、まっすぐ向かいのドラッグストアーへ行った。俺はちょうどその上に住んでいた。客が三人いた。十五歳くらいのガキと女の子が二人――ほとんど歳は同じくらい。彼らはうわの空で俺を見てアイスミルクのコップに再び没頭した。そんなしろものを見ただけで俺は目が回りそうになった。幸いなことに、解毒剤が上着のポケットに入っていた。

俺はバーの前の、二人の娘のうちの年上のほうの席に座った。かなりブスのブルネットのウェイトレスが、俺を見ながらぼんやり顔を上げた。

「ミルク以外に何がある？」、俺が言った。

「レモンは？」、彼女が申し出た。「グレープフルーツ？　トマトジュース？　コカ・コーラは？」

「グレープフルーツ」、俺が言った。「グラスをあんまり一杯にしないでくれ」

俺は上着を探って小瓶の口を開けた。

「ここはアルコールはだめですよ」、ウェイトレスはやんわり抗議した。

「大丈夫。これは俺の薬なんだ」、俺は薄ら笑いを浮かべた。「あんたのライセンスに傷をつけるようなことにはならないさ……」

俺は一ドル札を彼女に差し出した。朝に小切手を受け取っていた。週に九十ドル。クレムにはコネがあった。彼女がつりを返したのでたっぷりチップをやった。

バーボン入りのグレープフルーツなんていけてるものじゃないが、いずれにしろ、何にもないよりはましだ。俺は気分が良くなった。なんとかなるだろう。なんとかなったのだ。三人のガキが俺を見ていた。こいつら鼻たれ小僧たちにとって、二十六歳の男なんておじんだ。俺はブロンドのチビに微笑みかけてやった。

彼女は、襟なしの、白い線の入った空色のセーターを着て、袖を肘までまくり上げ、底の分厚いラバーシューズに白くて短い靴下だった。彼女はかわいらしかった。とても熟れ頃だ。触ればきっと熟れきったプラムのように引き締まっているにちがいない。ブラジャーはつけていなかったし、乳首がウールの織物越しにくっきりしていた。彼女も俺に微笑みかけた。

「暑いよな」、俺が話しかけた。

「死にそう」、伸びをしながら彼女が言った。

彼女の両脇の下に汗のシミがついているのが見えた。ぐっときた。俺は立ち上がってそこにあるジュークボックスの割れ目に五セントを滑り込ませた。

「踊る元気ある？」、彼女に近づきながら俺が言った。

「おお！　あたしを殺す気！」、彼女が言った。

彼女があんまりぴったり俺にくっつくので息が止まりそうになった。清潔な赤ん坊の匂いがしていた。ほっそりしていたので、俺の右手を彼女の右肩に持っていった。俺は腕を再び上げるとちょうど乳房の下に指を滑り込ませた。他の二人は俺たちを見ていたが彼らも踊りはじめた。ダイナ・ショアーの『シュー・フライ・パイ』、懐かしのメロディーだった。彼女は同時に口ずさんでいた。ウェイトレスは雑誌から顔を上げて俺たちが踊っているのを見て、数秒するとまた雑誌に没頭した。

セーターの下は何もつけていなかった。すぐにわかった。レコードが止まってくれたほうがよかった、二分もすればかっこ悪いことになっていた。彼女は俺を離して、席に戻ると俺を見た。

「大人にしちゃダンス結構うまいわね……」、彼女が言った。

「じいさんが教えてくれたんだ」、俺が言った。

「わかる」、彼女がからかった。「ちっともヒップじゃないもん……」

「きっとスウィングすりゃ君にはぴったりくるんだろうけど、他のやり方なら教えてあげられるよ」

彼女は半分だけ目を閉じた。

「大人のやり方?」

「君にその素質があればだけど」

「あんたなんて、あんたがどういう考えなのかお見通しなんだから……」、彼女が言った。

「きっと君には俺がどういう考えなのかわからないさ。君たちの誰かギター持ってないか?」

「ギター弾けるのか?」、坊やが言った。

突然、彼は目を覚ましたように見えた。

「少しは弾ける」、俺が言った。

「歌もうたうの、それじゃ」、もうひとりの娘が言った。

「少しは歌うよ……」

「キャブ・キャロウェイみたいな声してるし」、最初の娘がからかった。

彼女は他の二人が俺に話しかけるのを見て機嫌をそこねているらしかった。ここはそっとやろう。

「どこかギターのあるところに連れてってくれ」、彼女を見ながら俺が言った、

「そしたら俺にできることを見せてやるよ。W・C・ハンディーなみだと言うつもりはないけど、ブルースならできる」

彼女は俺の視線を放さなかった。

「じゃあ」、彼女が言った、「B・Jのところに行こうよ」

「そいつギター持ってるのか?」

「彼女がギター持ってる、ベティ・ジェーンよ」

「さしずめバルーチ・ジュニアかと思ったぜ」、俺がからかった。

「それよ、それ!」、彼女が言った。「バルーチはここに住んでるのよ。行こう」

「すぐいまから行くのか?」、坊やが言った。

「いけないかい?」、俺が言った。「彼女にはお仕置きが必要だな」

「オーケー」、坊やが言った。「俺はディック。彼女はジッキーだ」

彼は俺と一緒に踊った子を指差していた。

「あたしは」、もうひとりの娘が言った、「ジュディ」

「俺はリー・アンダーソンだ」、俺が言った。「向かいの本屋をやってる」

「知ってるわよ」、ジッキーが言った。「一週間前から知ってる」

「そんなに興味ある？」

「もちろん」、ジュディが言った。「この辺に男いないもん」

俺たちは四人そろって表に出たがディックはその間もぶつくさ言っていた。彼らはかなり興奮しているらしかった。必要とあらばさらに少しくらい彼らを興奮させるにはまだ十分バーボンが残っていた。

「君たちについて行くよ」、ひとたび外に出ると俺が言った。

ディックのオープンカー、旧式のクライスラーが戸口で待っていた。彼は二人の娘と前に乗り、俺は後ろの席で我慢した。

「普段は何やってる、若者たちは？」、俺がたずねた。車がいきなり動き出すとジッキーは座席に膝立ちになり、顔を俺のほうに向けて答えた。

「勉強してる」、彼女が言った。

「学校のかい？……」、俺がうながした。

「それとか、いろいろ……」

「こっちに来いよ」、風のせいで少しばかり声を張りあげて俺が言った、「そのほうが話しやすい」

「まあそうだけど」、彼女がつぶやいた。

彼女はまた半分だけ目を閉じた。このやり方は何かの映画で覚えたにちがいなかった。

「自分の身を危険にさらすのが嫌ってことかよ？」

「そんなことないわ」、彼女が言った。

俺は彼女の肩をつかんで座席の仕切り越しにこっちを向かせた。

「ねえ！　あんたったら！」、ジュディがこっちを振り返って言った。「あんたって独特の喋り方するのね」

俺はジッキーを俺の左側に来させようとしていたのだが、それをいいことに彼女のいけてる場所をつかんでいた。なかなか悪くなかった。彼女は冗談を理解していたらしかった。俺は彼女を革の座席に座らせると首のまわりに手を回した。

「さあ、おとなしくして」、俺が言った。「さもないと、お尻ぺんぺんだよ」

「その瓶のなかに何が入ってんの？」、彼女が言った。

俺の上着は膝の上にあった。彼女は布地の下に手を滑らせてきた、わざとやったのかどうかはわからないが、もしそうだとしたら、彼女の狙いはばっちりだった。

「じっとしてなよ」、彼女の手をのけて俺が言った。「あげるから」

俺はニッケルの栓をはずして小瓶を彼女に差し出した。彼女はごくんとやった。

「全部飲むなよ！」、ディックが抗議した。

彼はバックミラーで俺たちを監視していたのだ。

「こっちにもよこしてよ、リー、冷たいおっさんだな……」

「心配しなさんな、まだあるから」

彼は片手でハンドルをつかむと、もう一方の手をこっちに向けてバタバタやった。

「ふざけないでったら」、ジュディが忠告した。「事故るじゃないの！……」

「冷めたお頭《かしら》は君ってわけだ」、俺は彼女に言ってやった。「冷静さを失わないのは?」

「ぜんぜん!」、彼女が言った。

ディックが小瓶を俺に返そうとしたとき彼女はさっとそれをつかんだ。返してくれたときには空っぽだった。

「おやおや」、俺はうなずいてやった、「気分は良くなかったかい?」

「おお!……悪くないわよ……」、彼女が言った。

彼女の目に涙が光っているのが見えたが、なんとか我慢していた。声はむせぶようだった。

「それで」、ジッキーが言った、「もうあたしのぶんはないのね……」

「探しに行きゃいいさ」、俺が提案した。「ギターをとりに寄ったらリカルドの店に戻ろう」

「あんたはついてるよ」、坊やが言った。「俺たちには誰も売ってくれない」

「若く見えすぎるとそうなるんだ」、彼らをからかって俺が言った。

「そんなに若くないわよ」、ジッキーが文句を言った。

彼女はごそごそしはじめたが、やっと落ち着いたので俺はいちゃつくのをやめておとなしくしているだけでよくなった。車が突然止まった。俺は彼女の腕に沿って投げやりな調子で手をぶらぶらさせた。

「すぐ戻る」、ディックが告げた。

彼は車から出て家のほうへ走った。その家はひとつの分譲地のなかに明らかに同じ業者によって建てられた家並みの一部をなしていた。ディックがポーチのところに再び現れた。ピカピカのケースに入ったギターを持っていた。後ろ手にドアをバタンと閉めると、三歩ジャンプして車に戻った。

「B・J、いない」、彼が告げた。「どうしよう？」

「あとで返しにくりゃいいさ」、俺が言った。「乗れよ。リカルドの店に寄ってくれ、こいつを満タンにしてくる」

「あんたすごい評判になるわよ」、ジュディが言った。

「ああ！」、俺は請け合った。「君らの乱痴気パーティに俺を引きずり込んだのは君たちだってみんなすぐに理解してくれるさ」

俺たちは同じ道を逆戻りしたが、ギターが邪魔だった。俺は坊やにバーから少し離れたところに車を止めるように言うと車から降りて瓶をいっぱいにした。補充の瓶を買ってみんなと合流した。ディックとジュディが前の席に膝をついて、金髪とさかんに言い合っていた。

「どう思う、リー？」、坊やが言った。「泳ぎに行くかい？」

「いいとも」、俺が言った。「海パン貸してくれるか？　何にも持ってないんだ」

「ああ、なんとかなるよ！……」、彼が言った。

彼はクラッチを入れ、俺たちは町から出た。すぐに彼は抜け道に入ったが、クライスラーがちょうど通れるくらいの広さで、ひどく手入れの悪い道だった。実際、手入れなんかされていなかった。

「泳ぐのにすげえいいとこがあるんだ」、彼が請け合った。「誰もいない！　それに水が！……」

「鱒《ます》のいる川か？」

「そう。砂利と白い砂。誰も絶対に来ない。この道を通るのは俺たちだけだ」

「そのようだな」、車が揺れるたびに顎がはずれそうになるのを我慢して俺が言った。「オープンカーはやめてブルドーザーに変えるべきだな」「これも余興のうちさ」、彼が説明した。「出歯亀にこの辺りをうろうろされないですむからな」

彼が加速すると骨がバラバラにならないように神にお願いした。いきなり道が曲がり、百五十メートルほど行って、彼は車を止めた。茂みがあるだけだった。クライスラーはぴたっと大きな楓《かえで》の木の前で止まり、ディックとジュディが地面に飛び降りた。俺が最初に降りたので、ジッキーが飛び降りるのを受け止めてやった。ディックがギターを持って前を急いだ。俺は悠然と後に従った。枝々の下に細い小道があり、突然川が現れた、ジンのグラスのように爽やかで透明だった。太陽は沈みかけていたが、暑さはまだきびしかった。川の一方は影のなかでせせらぎの音を立て、もう片方は傾いた陽の光の下でやさしく輝いていた。密生して、乾いて、埃だらけの草が水際まで続いていた。

「悪くないね、この辺り」、俺はうなずいてやった。「自分たちだけで見つけたのかい?」

「あたしたちそんなに間抜けじゃないんだから」、ジッキーが言った。

それから俺は首のところに乾いた土塊を投げつけられた。

「おとなしくしてないと」、俺は脅してやった、「オッパイをやらないぞ」

俺はポケットをぽんと叩いて俺の言葉の重要性を強調した。

「おお！　怒らないで、じじいのブルース・シンガーさん」、彼女が言った。「それより腕前のほどを見せてよ」

「海パンは？」、俺はディックに聞いた。

「気にすんなよ」、坊やが言った。「誰もいやしない」

俺は振り返った。ジュディはすでにスエットシャツを脱いでしまっていた。間違いなく下には大したものはつけていなかった。スカートが脚に沿って滑り落ち、あっという間に靴とソックスを放り投げた。彼女はまっ裸で草の上に全身を投げ出した。俺は馬鹿みたいな顔をしていたにちがいない、何しろ彼女がからかうように鼻先で笑うのですんでのところでどぎまぎしそうになったからだ。ディックとジッキーも同じいでたちで彼女のそばにきて倒れ込んだ。滑稽の極みは、きまりが悪そうな俺だった。それでも俺は坊やがひどく痩せていて、日に焼けた肌の下にあばら骨が突き出ていることに気づいた。

「オーケー」、俺が言った、「いまさらもったいぶってもしょうがないな」

わざと時間をかけてやった。裸には自信があったが、俺が服を脱いでいるあいだ彼らがそのことに気づく時間がたっぷりあったのは間違いない。大きく伸びをしてあばら骨を鳴らし、彼らのそばに座った。ジッキーとさっきちょっとした口論をしてからまだ興奮がおさまっていなかったが、何であれ隠すようなことは一切やらなかった。俺がおじけづくのを奴らは待っていたのだと思う。

俺はギターをつかんだ。それは見事なエピフォンだった。地面に座って弾くのはそれほど簡単ではないので、ディックに言った、

「車のクッションを取りに行ってもいいか？」

「あたしも一緒に行く」、ジッキーが言った。

すると彼女は枝の間をするりと抜けて走っていった。

濃い影に覆われた茂みのまんなかで、スターの卵のような顔をしたこのガキのからだを見るのは妙な効果を及ぼすのだった。俺はギターを置いて、彼女について行った。彼女は先を行っていたが、俺が車までたどり着くと、彼女は重い革の座席を抱えて戻ってくるところだった。

「そいつをかしな！」、俺が言った。

「ほっといてよ、ターザン！」、彼女が叫んだ。

そんな抗議には耳を貸さずに、後ろから野獣のように彼女を捕まえた。彼女はクッションを放すとされるがままになった。雌猿をつかんだみたいだった。彼女はそれに気づいたのかおもいっきり暴れ出した。俺は笑い出してしまった。俺はこんなのが好きなんだ。この辺りの草は丈が高くて、しかも空気のマットレスのように柔らかだった。彼女は地面の上を滑り俺も追いついた。俺たちは野蛮人のように戦った。彼女は乳首の先まで日に焼けていて、裸の女の子たちを醜くするあのブラジャーの跡はなかった。しかも杏《あんず》みたいにすべすべで、少女のような裸だったが、うまく俺の下に彼女を捕まえたとき、彼女には少女以上の経験があることがわかった。彼女はここ数ヶ月来俺が経験した最高のテクニックの見本を俺に与えた。指の下に、すべすべしてくびれた彼女の腰を感じたし、もっと下にはスイカのようにひきしまった尻があった。それはせいぜい十分ほど続いた。彼女は眠ったふりをして、俺が最後までいってしまおうとすると、馬鹿にするように俺を突き放し、小川のほうへ向かって、俺の前を逃げていった。俺はクッションを拾うと彼女の後ろを走った。水際まで行くと彼女は身をひるがえし、しぶきも上げずに飛び込んだ。

「あんたたち、もう泳いでるの？」

ジュディの声だった。彼女は仰向けになって横たわり、両手を頭の下に置いて、柳の小枝を噛んでいた。ディックは彼女の横に寝ころんで、彼女の太腿を撫でていた。二つの小瓶のうちのひとつがひっくり返って地面に転がっていた。彼女が俺の視線を見た。

「そうよ……空っぽなの！……」、彼女が笑った。「あんたたちにひとつ残してあるから……」

ジッキーはばちゃばちゃやっていた、水の向こう側で。俺は上着を探ってもうひとつの瓶を取り、それから飛び込んだ。水はなま温かった。自分がすばらしく元気だと感じた。俺は全力疾走でラストスパートをかけ小川のまんなかで彼女と一緒になった。おそらく底からは二メートルくらいで流れはほとんど感じなかった。

「喉、渇いたか?」、片手で水を打って水面にとどまりながら俺はたずねた。

「そんなわけないでしょ!」、彼女が言い放った。「ロデオの勝利者みたいな顔してあんたたには疲れるわ!」

「来いよ」、俺が言った。「浮いてみろ」

彼女が仰向けになったので、彼女の下に、上半身を横切るように腕を滑り込ませた。

もう片方の手で瓶を差し出した。彼女がそれをつかんだので俺は太腿に沿って指を撫でおろしていった。俺はゆっくり彼女の脚を開いて、もう一度水のなかで彼女とやった。彼女は俺にされるがままだった。俺たちはほとんど立った状態で、深みにはまらないようにうまくからだを動かしていた。

3

それはこんな風に九月まで続いた。彼らのグループには、他に娘と坊やの五、六人のガキがいた。ギターの持ち主の女の子、B・Jもいた、あんまりからだはよくなかったが、肌からすばらしくいい香りがした、もうひとりのブロンド、スージー・アンもいたが、ジッキーより丸ぽちゃだったし、栗毛のどうでもいい娘で、一日中踊りっぱなしだった。坊やたちは望むとおりのうすのろぞろいだった。あいつらと一緒に二度と町をぶらつくような馬鹿な真似はしなかった。俺はすぐさまその地域で相手にされなくなってしまうだろう。俺たちは小川のそばで落ち合っていたし、奴らは俺たちの出会いの秘密を守っていた、だって俺はバーボンとジンの便利な供給源だったからだ。

娘たち全員をとっかえひっかえだったが、あまりに簡単すぎて、いささかうんざりだった。彼女たちは衛生上歯を磨くのと同じように簡単にあれをやっていた。奴らはだらしなくて、食いしん坊で、騒がしくて、タチが悪い猿の一団のように振舞った。当面は俺の目的にかなっていた。

俺はしょっちゅうギターを弾いていた。たとえこいつら坊やたち全員に一度にケリを入れることができなかったとしても、それがあれば十分だったし、手が一本あればよかった。奴らは俺にジルバとジャイヴを教えた。俺にとって奴らよりうまくやれるようになるのに造作はなかった。奴らのせいじゃなかった。

それでもまたまた弟のことを考えて、よく眠れなかった。二度トムに会った。彼は何とかやっていた。向こうではもうあの話は話題になっていなかった。連中は学校でトムをそっとしておいてくれたし、俺には奴らはほとんど目もくれなかった。アンヌ・モランの親父は娘を州の大学に追いやってしまっていた。彼と息子の関係は続いていた。トムが俺にとって万事うまくいってるかと聞いてきたので、銀行の預金が百二十ドルにまで達してると言ってやった。アルコールを除けば俺はあらゆる面で倹約していたし、本の売れ行きはあいかわらずよかった。夏の終わり頃の昇給を当てにしていた。トムは宗教上の義務をおろそかにしないように俺に忠告した。それはそれだったたし、俺はそんなものはすでに捨ててしまっていたが、他の諸々と同様人に気づかれないようにうまく立ち回っていた。トムは神を信じていた。俺はといえば、ハンセンと同じように日曜日のミサには行っていたが、正気のままで神を信じたりすることはできないと思っているし、俺は正気でいなければならなかった。

教会を出ると、俺たちは小川のほとりで落ち合い、さかりのついた猿の集団と同じくらいの羞恥心で女の子たちを回し合った。ほんと、はっきり言って、俺たちは猿の集団だった。それからいつのまにか夏が終わり、雨が降りはじめた。

俺はもっとひんぱんにリカルドの店に行くようになった。ときどきドラッグストアーに立ち寄って、近所のドラ猫たちと一緒にカーペットをだめにした。実際、俺は奴らよりジャイヴがうまくなりかけていたし、それにもともと俺には素質があった。バックトンで一番金に不自由のない連中がヴァカンスから大挙して戻りはじめていたし、フロリダとかサンタ・モニカとか、他にもいろんなところから帰ってきた……みんな日に焼けて、黄金色になっていたが、小川のほとりにずっといた俺たちとたいして違いはなかった。俺の店は奴らの待ち合わせ場所のひとつになった。

こいつらは俺のことをまだ知らなかったが、俺には必要な時間はたっぷりあったし急いでなんかいなかった。

4

そのうちデクスターも帰ってきた。みんなから耳にタコができるほど奴のことを聞かされていた。デクスターは町の高級住宅街の一番しゃれた家のひとつに住んでいた。両親はニューヨークにいたが、奴は一年中バックトンに滞在していた、肺が弱かったからだ。両親はバックトン出身だったし、ここはほかと大差ないが勉強のできる町なのだ。すでに俺はデクスターのパッカード車や、ゴルフ・クラブや、ラジオや、酒蔵や、ホーム・バーを知っていたし、彼の家で暮らしていたようなものだ。本人に会って失望しなかった。思ったとおりの嫌なチンピラ野郎だった。痩せていて、髪は褐色、ちょっとインディアンっぽくて、目は陰険な黒目、縮れっ毛で、大きな鉤鼻の下に薄い唇があった。おぞましい手をしていた、ばかでかい手で、爪は短く切られ、まるで横につけられたみたいに長いというより幅広で、からだの悪い人の爪のように腫れ上がっていた。

奴らはひと切れのレバーに群がる犬のように全員がデクスターにつきまとっていた。俺はアルコールの供給者としての重要性を少しばかり失ってしまったが、まだギターが残っていたし、奴らには思いもつかないタップダンスという奥の手があった。俺には時間があった。俺にはとびきりのご馳走が必要だったし、デクスター一味のなかには、毎晩弟のことを夢に見るようになって以来、俺の望むとおりのものがきっと見つかるだろう。俺はデクスターに気に入られたらしい。筋肉と身長、それにギターのせいで俺は奴に嫌われてもよかったはずだったが、そのことが彼を惹きつけた。彼にないものが全部俺にはあった。そして彼のほうは金を持っていた。俺たちは仲良くなるようにできていた。それに最初から、俺にはおよそどんな覚悟もできていることが奴にはわかっていた。奴は俺の望みが何なのか気づいていなかった。そう、そこまではいっていなかったのだ。どうやって奴が他の連中よりもそのことに思いいたることができただろう？　たぶん、奴は俺と組めばとびっきりひどい乱痴気パーティができるだろうというくらいにしか考えていなかった。この意味では奴は間違っていなかった。

町はほぼ満員になっていた。俺は手はじめに自然科学、地質学、物理学、それから他には戦争のいろんなことについて小出しに喋ってやった。奴らは友だちをみんな俺の店に送り込んだ。女の子たちはひどかった。十四歳で、彼女たちはからだを撫で回してもらう手はずを整えていたが、それでも本を買ったりしながら、撫で回してもらう口実を見つけるには犠牲を払わなくちゃならない……でも、突然うまくいった。彼女たちはヴァカンスの成果を確かめるために俺に力こぶを触らせた、それから少しずつ気づかぬうちに太腿のほうへ移るのだった。彼女たちには節度がなかった。ともあれ俺の店にはまじめな客がいたのだし、俺は自分の立場に気を配っていた。だが、昼のどんな時間であれ、これらのガキどもは雌ヤギのように熱くなって、地面にしずくを落とすくらい濡れていた。本屋の店員でさえこれほど簡単だったのだから、きっと大学の教授であることはなかなかどうして気楽な商売ではない。授業が再開されると、俺は少しばかりより平穏になった。彼女たちは午後にしか来なくなっていた。ひどいことに男の子たちもみんな俺が好きだった。男でもないし女でもない、こいつらは。すでに一人前の男のようにでかかった何人かをのぞいて、他の奴は俺の股ぐらにもぐり込む女の子たちと同じくらいうれしそうだった。それにいつもその場でダンスを始める癖だ。五人も集まれば、何かの流行歌を口ずさみ、拍子をとってからだを動かしはじめなかったことなど思い出せない。そいつに悪い気はしなかった、それはもともと俺たちのところから出たことなのだ。

俺の容姿に関してもうほとんど不安はなかった。疑いを抱くのは不可能だったと思う。いつだったかこの前泳いだときにデクスターは俺を怖がらせた。俺は女の子のひとりと馬鹿な真似をやっている最中だった、腕の上で彼女を人形のようにくるくる回して空中に放り投げていた。奴は腹ばいになって俺の背後から俺たちを観察していた。背中に穿刺の傷跡があるこの貧相なチビのからだなど見られた光景じゃない。奴は二度肋膜炎をやっていた。奴は上目づかいに俺を見て言った。

「みんなとからだつきが違うな、リー、君は黒人ボクサーみたいになで肩だ」

俺は女の子をおろして警戒した、それから自作の歌をうたいながら彼のまわりを回って踊った、するとみんなが笑ったが、俺は気分を害していた。デクスターは笑っていなかった。奴はずっと俺を見続けていた。

夜に洗面台の上の鏡のなかの自分を見て、今度は俺が笑い出した。このブロンドの髪、このバラ色で白い肌、ほんとうに何の危険もなかった。あいつらをだましてやる。デクスターの野郎、あんなことを言ったのは嫉妬のせいだ。それに俺はほんとうになで肩だった。そいつに何かまずいところがあるだろうか？　あの夜くらいぐっすり眠ったことはめったになかった。二日後、奴らはデクスターの家で週末のパーティを企画した。夜会服着用。タキシードを借りに行ったら店員が大急ぎで準備してくれた。俺の前にそれを着ていた奴は俺とだいたい同じくらいの背丈だったらしく、ぴったりだった。

その夜、俺はまたまた弟のことを思った。

5

デクスターの家に入ったとき、どうして夜会服なのかがわかった。俺たちのグループは大多数の「立派な」連中のなかに埋没していた。すぐに見覚えのある連中がいるのがわかった。医者、牧師、それから同じ種類の他の連中。黒人の召使いが俺の帽子を取りにきたが、他に二人黒人の召使いがいるのに気づいた。それからデクスターが俺の腕をつかんで、両親に俺を紹介した。彼の誕生パーティだったことがわかった。母親はデクスターに似ていた、小さな痩せた女で、髪は褐色、嫌な目つきをしていた、親父は枕の下でゆっくり窒息させてやりたくなるような類いの男だったが、それほど奴らはお前らのことなど目に入らない様子なのだ。B・J、ジュディ、ジッキー、他にもいろいろいたが、イヴニングドレスを着て、かわいく見えた。彼女たちが気取ってカクテルを飲んだり、まじめなタイプのメガネ野郎たちにダンスに誘われたりするのを見ていると、どうしても彼女たちのセックスのことを考えずにはいられなかった。ときどき目配せを交わして接触を失わないようにした。あまりにも嘆かわしいことだった。

飲むものはたんまりあった。デクスターはとにかく仲間の遇し方は知っていた。俺は自分から一人か二人の女の子のところへ行って自己紹介し、ルンバを踊りそれから飲んだ。他にたいしてやることはなかった。ジュディとたっぷりブルースを踊るといつものように元気が戻った。この子はたまにしか寝ない娘たちのうちのひとりだった。彼女はふだん俺を避けているようだったし、とくに彼女とやってやろうという気は起きなかったが、この晩は、生きたまま彼女の股ぐらから出られないんじゃないかと思った。ちぇっ！　なんて暑さだ！　彼女は俺をデクスターの部屋に連れていきたがったが、そっとしておいてもらえる確信がなかったのでかわりに彼女を酒を飲みに連れていった、そのあといま入ってきたばかりの一団を見て俺は顔面にガツーンと一発食らったのだ。

女が三人いた——二人は若くて、一人は四十くらい——それから男が一人——だがこいつら男のことは語るまい。そう、ついに獲物を見つけたのが自分でわかった。これらの二人の娘だ——弟は墓のなかでひっくり返って喜んでいるだろう。俺はジュディの腕を握りしめた、彼女を欲しがっていると思ったにちがいなかった、だって彼女はぐっと身を近づけてきたからだ。これらの娘たちを見るだけで、ベッドに一緒に引きずり込みたくなった。俺はジュディを離すと、腕をおろしざまに彼女の尻をわからないようにそっと撫でた。

「あの二人のかわい子ちゃんは誰だい、ジュディ？」

「興味あるの、老いぼれカタログ屋さん？」

「なあ、デクスターはあんな美人たちをどこから連れ出してきたんだ？」

「上流社会よ。場末のソックス娘じゃないの、わかるでしょ、リー。泳ぎに連れていこうたってどうにもできないのよ……」

「そいつは残念すぎる！　まあ、あの二人をものにできるのなら三人目を引き受けてもいいんだけどなあ！」

「そんなに興奮してもだめ。彼女たちはここの人たちじゃないし」

「どこから来たんだ?」

「プリックスヴィル。ここから百マイルのとこ。デクスターのお父さんの古い友だちよ」

「二人とも?」

「そうだってばあ! アホみたい、今夜のあなたって、親愛なるジョー・ルイスさん。二人は姉妹で、お母さんと、お父さん。ルー・アスキースとジーン・アスキース、ジーンは金髪のほう。彼女が姉さん。ルーは彼女より五歳年下よ」

「十六くらいか?」、俺は言ってみた。

「十五よ。リー・アンダーソンはグループを見放してアスキース・パパのお嬢ちゃんたちのお尻を追い回すつもりなのね」

「馬鹿だなあ、ジュディ。君はぐっとこないのか、あの子たちには?」

「男の子のほうがいいわ。ごめんなさい、今夜はまともなの、あたし。踊ってよ、リー」

「紹介してくれよ」

「デクスターに頼んで」

「わかった」、俺が言った。

　俺は終わりかけていたレコードの最後の二小節を彼女と踊るとさっさとそこに置き去りにした。デクスターはホールの端でどうでもいい尻軽女とお喋りしていた。俺は彼を呼びとめた。

「おい！　デクスター！」

「ああ！」

　彼は振り返った。彼はからかうような目で俺を見たが、気にしなかった。

「あの子たち……アスキース……だろ？　紹介しろよ」

「もちろんだよ。一緒に来いよ」

　近くに寄ってみると、さっきバーから見たのをはるかに超えていた。彼女たちはすごい美人だった。俺は彼女たちに口からでまかせを言って、レコード係が山積みのレコードのなかから見つけたばかりのスロー・ナンバーを踊ろうとブルネットのルーのほうを誘った。ちくしょう！　俺は天とタキシードを俺にピッタリ合わせてくれた男を祝福した。普通より少しは彼女のからだを近くに寄せたが、ともかく、グループではその気になったとき、俺たちがピッタリくっついて踊るようには彼女とからだをくっつける勇気はなかった。彼女からはきっと高価で複雑ななんとかいう香水の香りがした。たぶんフランスの香水だ。彼女の髪は褐色で頭の片側に寄せていた、それから蒼ざめた三角形の顔に野生の猫の黄色い目があった、それから彼女のからだときたら……これは考えないほうがいい。彼女のドレスはひとりでに落ちないようになっていたが、どうなってるのかはわからない、だって肩にも首のまわりにもドレスを留めているものはなく、乳房以外に何もないのだし、これほど堅くてこれほどとんがった乳房だったら、この重さのドレスであれば一ダースほど支えることができただろうと言わなくちゃならない。俺は彼女を少しだけ右のほうへ移動させたのだが、タキシードの切り込みのところに彼女が触れて、シルクのシャツを通して俺の胸の上に彼女の乳首の先端を感じた。他の女の子たちは、太腿の上に生地を通して浮き出たパンティの端が見えたりしていたが、彼女はうまく工夫していたにちがいない、だって脇の下からくるぶしまで、ミルクがほとばしったように彼女のラインは滑らかだったからだ。ともかく俺は彼女に話しかけるようにやってみた。呼吸を整えるとすぐにそうした。

「どうしてこの辺りではお目にかかれないのでしょうね？」

「ここで会ってますわ、これが証拠」

彼女は少し身をのけぞらせて俺を見た。俺は彼女より頭ひとつほど背が高かった。

「つまり、町ではという意味だけど……」

「プリックスヴィルにいらっしゃれば、会えますわ」

「じゃあ、プリックスヴィルに何か部屋でも借りようかな」

俺は彼女に一発お見舞いする前にためらっていた。あまり急ぎすぎたくなかったが、こんな娘たちが相手だとどうなるかわからない。一か八かやってみなけりゃならない。彼女が動じているようには見えなかった。彼女は少しだけ微笑んだが、目は冷ややかなままだった。

「必ずしもお会いできるとはかぎりませんわ、こんな感じでさえ」

「あなたのご贔屓《ひいき》はたくさんいると思うけどね……」

どう考えても、俺は野獣のように襲いかかっていた。ほんとうに冷ややかな目つきをするならこんな恰好はしない。

「おお!」、彼女が言った。「プリックスヴィルに面白い人たちはたいしていませんわ」

「よかった」、俺が言った。「チャンスはあるよね?」

「あなたが面白い人なのかわからないですけど」

してやったり。要するに、俺は自分に到来するものを探していたのだ。だがそんなにすぐに手をゆるめなかった。

「何に興味があるの?」

「あなたは悪くないわ。でもそれにだまされることもあるのよ。あなたのこと知らないもの」

「デクスターや、ディック・ペイジなんかの友だちだよ」

「ディックは知っています。でもデクスターは変な人……」

「ほんとうに変な奴であるには金持ちすぎるけどね」

「じゃあ、私の家もお好きじゃないと思うわ。いいこと、私たちもほんとうにかなりのお金持ちなのよ……」

「そんな感じだね……」、彼女の髪の毛に顔を近づけながら俺が言った。

彼女は再びにっこりした。

「私の香水、お好きかしら？」

「大好きだ」

「変なの……」、彼女が言った。「あなたは、馬とか、銃につける油とか、湿布薬の臭いのほうがきっとお好きなんだと思ってたわ」

「からかわないで……」、俺は続けた。「こんなからだつきをしてて、天使のような顔じゃないとしても俺のせいじゃないよ」

「天使なんてぞっとするわ」、彼女が言った。「でも馬が好きな男はもっと嫌いよ」

「近くからでも遠くからでも、ニワトリにさえ近寄ったことはないね」、俺が言った。「今度、いつ会える?」

「あら!……私、まだここにいますわ」、彼女が言った。「まだパーティはこれからよ」

「それだけじゃ足りないね」

「それはあなた次第ね」

彼女はそうして俺から離れた、ちょうど曲が終わったところだったからだ。俺は彼女がカップルのあいだをすり抜けていくのを見ていた、すると彼女は振り返って鼻先で笑ったが、それは見込みのなさそうな笑いではなかった。彼女は連邦議会の議員の目を覚まさせるようなからだのラインをしていた。

俺はバーに戻った。ディックとジッキーを見つけた。彼らはマティーニをちびちびやっているところだった。もろ退屈しているらしかった。

「よう、ディック!」、俺が彼に言った。「笑いすぎだよ。顔面が歪んでしまうぜ……」

「元気、長髪男?」、ジッキーが言った。「何してたの? 黒人女とシャグ・ダンスね! それとも高級娼婦をあさってた?」

「長髪野郎としては」、俺は言い返した、「スウィングしたくなってるんだ。感じがいい二、三人とここから逃げ出そうや、俺に何ができるか見せてやるから」

「猫のような目をして肩紐のないドレスを着た感じのいい人たちでしょ?」

「ジッキー、かわい子ちゃんよお」、彼女に近づきながら俺はそう言って彼女の両手首をつかんだ。「俺がきれいな子が好きだからって文句を言っちゃだめだ」

俺は彼女の目をまともに見つめながら俺のほうに軽く抱き寄せた。彼女は満面の笑みを浮かべた。

「うんざりしてるのね、リー。仲間に飽きちゃったの? どっちにしても、いいこと、あたしはね、結婚相手としては悪くないわよ。うちの親父だって年に二万くらいは稼ぐんだから」

「それでここにいて楽しいんだ、君たちは? 俺は死にそうだよ。酒瓶を持ってどっかへずらかろうや。いまいましいダークブルーのこいつらの下にいると窒息しちまう……」

「デクスターが喜ぶと思う？」

「デクスターには俺たちを気にする以外にやることがあると思うけど」

「じゃ、あんたのかわい子ちゃんたちは？　こんなんで彼女たちがついてくると思うの？」

「ディックの知り合いだろ……」、俺はディックに横目で目配せしながら主張した。

いつもよりぼうっとしてはいなかったディックが太腿を叩いた。

「リー、あんたはタフだよ。たいした自信だ！」

「俺は自分を長髪のガキだと思ってた」

「それきっとカツラだろ」

「あのお二人さんを探してきてくれ」、俺が言った、「ここに連れてこいよ。っていうか、俺の車に乗せてしまうんだ、何なら君の車でもいい」

「でも、どんな口実で?」

「おお! ディック!」、俺は言い切った、「きっと君には、あのお嬢ちゃんたちと懐かしむべき子供時代の思い出がいっぱいあるじゃないか!……」

ディックは、自信なさげに、笑いながら出ていった。ジッキーはそのやりとりを聞いていたが俺を馬鹿にした様子だった。俺は彼女に合図した。彼女が寄ってきた。

「君は」、俺が言った、「ジュディとビルを見つけてくれ、酒瓶も七、八本」

「どこに行くの?」

「どこに行ける?」

「あたしの両親、家にいないわ」、ジッキーが言った。「弟だけ。すぐ眠るわ。家に来れば」

「君はナンバー・ワンだ、ジッキー。インディアン嘘つかない」

彼女は声をひそめた。

「あたしとあれしてくれる?」

「えっ？」

「してくれる、リー？」

「おお！……もちろん」、俺が言った。

ジッキーには慣れっこになっていたけれど、たぶん今ならすぐにでも彼女とやれただろう。左の頰に沿って滑らかな髪が波打ち、目を斜めにして、無邪気な口をした、シルクのドレスを纏った彼女を見るとかなり興奮した。彼女の息が荒くなって頰はバラ色になっていた。

「馬鹿みたいね、リー……いつもしてるっていうのに。でもあれが好きなの！」

「大丈夫、ジッキー」、彼女の肩を撫でながら俺が言った。「死ぬまではまだまだ何度でもやれるさ……」

　彼女は俺の手首を強く握りしめると、俺が引き止める前に走っていった。俺は今このときに言いたかった、俺の正体を明かしてやりたかった、彼女がどんな顔をするのか、俺が何を望んでいるかを……だがジッキーは俺に見合った獲物じゃなかった。自分がジョン・ヘンリーのような猛者《もさ》に感じた、そして俺自身の心が壊れる恐れはなかった。

俺はビュッフェのほうを振り返ると、後ろに立っていた男にダブルのマティーニを注文した。そいつを一気に飲み干すと、ディックを助けるためにちょっと力を貸さなきゃならなかった。

姉のアスキースがその場に現れた。彼女はデクスターとお喋りしていた。額の上に黒い毛を垂らしている彼が普段よりさらに気にくわなかった。タキシードは実によく似合っていた。内側はほとんどがっしりしているように見えたし、白いシャツに浅黒い顔色が映えて、かなり「マイアミのスプレンディッド・ホテルであなたのヴァカンスをお過ごしください」になっていた。

俺は彼らに近づいた、思い切って。

「デックス」、俺が言った。「このスローを踊ってくださいとミス・アスキースを誘ったら、君は俺を殺すかい？」

「俺にはあんたは強すぎるよ、リー」、彼が答えた。「殴り合いなんかする気はないね」

実際、彼はどうでもよかったんだと思うが、この坊やの声のトーンが何を意味するのかを知るのは難しかった。すでに俺はジーン・アスキースを抱きしめていた。

それでも自分では妹のルーのほうが好みだったのだと思う。だが、彼女たちに五歳年の差があるとは思えなかった。ジーン・アスキースは俺の背丈にほとんどぴったりだった。彼女は少なくともルーより四プースは高かった。彼女は黒くて透けた何とかいう生地のツーピースのドレスを着ていて、スカートは七、八重になっていて、ごてごてしたブラジャーをしていたが、最少限度の隠すべきところしか覆っていなかった。肌は琥珀色で肩とこめかみにいくつかソバカスがあり、とても短く切られてカールした髪の毛が頭を丸っこく見せていた。顔もまたルーより丸かった。

「ここで楽しめると思う？」、俺が聞いた。

「いつも同じようなものだわ、こんなパーティなんて。他より悪くないだけ」

「いまのところは」、俺が言った、「他よりこっちのほうがいいけどね」

この娘はダンスができた。こっちは楽なものだった。それから、妹より近くに彼女を引き寄せるのに気兼ねはなかった、だって彼女は下から見上げたりせずに俺に話しかけることができたからだ。彼女は頬を俺の頬に押し当ててきた。視線を落とすと、形のいい耳と、変な短い髪と、丸っこい肩の一大パノラマが見えた。彼女からサルビアと野草の香りがしていた。

「何の香水をつけてるの？」、俺が続けた、彼女が返答しなかったからだ。

「香水なんかつけてないわ」、彼女が言った。

こんな類いの会話にこだわるつもりはなかったので俺はあえて切り出した。

「ほんとうに楽しめる場所に行くってのはどうかな？」

「っておっしゃると？」

彼女は顔も上げずに無頓着な声で喋るので、彼女の声が俺の後ろから聞こえてくるみたいだった。

「十分に飲めて、煙草もしこたま吸えて、踊る場所も十分あるってことだけど」

「ここだって気分が変わるかもね」、彼女が言った。「ここはどちらかといえば部族のダンスを思い出しちゃうもの」

実際、俺たちは五分前から身動きできなくなっていたし、前にも後ろにも進めず、調子を取りながら足踏みしている状態だった。

俺は抱きかかえていた手を離し、腰には手を回したままで、彼女を出口のほうへ連れていった。

「じゃあ、行こう」、俺が言った。「友だちのところへお連れするよ」

「そうなの！　いいわよ」、彼女が言った。

彼女のほうを振り向いたとき彼女が返事をしたので顔のまんなかに彼女の息をまともにくらってしまった。こう言っては何だが、彼女はジンを瓶の半分は飲んでしまっていたはずだ。

「あなたの友だちって、どんな人たち？」

「ああ！　とってもいい連中さ」、俺は請け合った。

俺たちは玄関をつつがなく通り抜けた。俺は彼女のケープをわざわざ取りにいったりはしなかった。大気は生暖かく辺り一面にポーチのジャスミンの香りがしていた。

「そう言えば」、戸口で立ち止まってジーン・アスキースが言った、「あなたのことまったく知らないわ」

「そんなことないだろう……」、彼女を引っ張りながら俺が言った、「俺はリー・アンダーソンじゃないか」

彼女は爆笑すると後ろにのけぞった。

「そうだったわ、リー・アンダーソン……来て、リー……みんな待ってるわ」

今度は、俺が彼女についていくのに苦労した。彼女は階段を五段、二秒で転げるように降りたので俺は十メートル向こうで彼女に追いついた。

「おいおい！……そう急ぐなよ……」、俺が言った。

俺は彼女の腕をしっかりつかんだ。

「車はあそこだ！」

ナッシュのなかでジュディとビルが俺を待っていた。

「お酒はあるわ」、ジュディがあえぐように言った。「ディックは他の子たちと前の車にいるわ」

「ルー・アスキースは？」、俺がつぶやいた。

「はい、ドン・ファンさん。ちゃんといるわよ。車を出して」

ジーン・アスキースは、前の座席の背もたれに頭をのけぞらせ、柔らかい手をビルのほうへ差し出した。

「ハロー！　元気？　雨降ってる？」

「降ってないよ！」、ビルが言った。「気圧計は水銀が十八フィート低下すると知らせているが、明日のことだ」

「おお！」、ジーンが言った。「この車じゃそんなに上まで登れないわ」

「俺のデューセンバーグの悪口は言うな」、俺が抗議した。「寒くない？」

俺は身をかがめてありもしない毛布を探したが、うっかり俺のカフスボタンを彼女のスカートに引っかけて、そいつを膝までずり上げてしまった。聖なる煙よ、なんて脚なんだ！

「暑くて死にそう」、ジーンがはっきりしない声で言った。

俺はクラッチを入れ前方で始動したばかりのディックの車を追った。デクスターの家の前にはあらゆる種類の車が並んでいたが、一台をかっぱらって俺の古いナッシュと取り替えたかった。だが新しい車なんかなくても俺はうまくやれるだろう。

ジッキーの住む家はそんなに遠くなく、ヴァージニア・スタイルの一戸建てだった。庭はかなり丈のある灌木の生垣に囲まれていて、界隈の家々とは違っていた。

ディックの赤いテール・ランプが動かなくなりそれから消えて、駐車ランプがつくのが見えた。俺も車を止めるとロードスターのドアがバタンと閉まるのが聞こえた。四人の人間が降りてきた、ディック、ジッキー、ルー、それともう一人。家の階段の上り方で誰だかわかった、チビのニコラスだった。ディックと彼はそれぞれ瓶を二本抱えていたがジュディとビルも同じだけ持っているのが見えた。ジーン・アスキースはナッシュから降りたくないふりをしたので俺は車のまわりを一周した。ドアを開けて、腕を彼女の膝の下に滑り込ませもう片方を首の下に入れた。彼女はそうとう酔っ払っていた。ジュディが俺の後ろで立ち止まった。

「グロッキーね、あんたの優しい恋人さんは、リー。ボクシングでもやったの？」

「俺のせいなのか、彼女の飲んだジンのせいなのか知らねえよ」、俺はぼやいた、「無垢の眠りとは何の関係もないけどな」

「いま、この時を利用しなくっちゃ、ねえったら、さあ」

「うるさいなあ。酔っ払い女となんて安易すぎる」

「ねえ、ちょっと、あなたたち、あなたたち！」

ジーンの甘ったるい声だった。目を覚ましていたのだ。

「あなたたち、私を引っ張りまわすのは終わり？」

彼女がいまにも吐こうとしているのを見て俺はジッキーの庭に飛び込んだ。ジュディが俺たちの前の扉を閉めてくれたので俺はジーンがもどしているあいだ彼女の頭を支えた。ひどいものだった。純然たるジンしか出てこなかった。馬を支えているのと同じくらいきつかった。彼女は完全にされるがままだった。俺は彼女を片手で支えた。

「袖をのけてくれないか」、俺はジュディに耳打ちした。ジュディがタキシードの袖を腕に沿ってたくし上げてくれたので、俺は方向を変えてアスキースの姉を支えた。

「もう大丈夫」、作業が終わったときジュディが言った。「誰にも言わないから。あせらないで」

ビルはそのあいだに瓶を持っていなくなっていた。

「水がどこかにあるかな、ここじゃ？」、俺はジュディにたずねた。

「家にある。来て、裏から回れるわ」

ジーンを引きずりながら庭のなかをジュディのあとについていったが、ジーンは小道の砂利の上で一歩ずつよろめいていた。まったく！　この娘の重いことときたら！　両手を使ってやっとだった。ジュディは俺の先に立って階段を上ると二階に連れていってくれた。他の連中はもう居間で大騒ぎを始めていたが、幸いなことに扉が閉まっていたので彼らの叫び声はましになっていた。暗闇のなかを、ぼんやりと光るジュディの姿を頼りに手探りで上っていった。上にあがると、なんとか彼女が電気のスイッチを見つけてくれたので俺は浴室に入った。浴槽の前にくぼみのついたゴムの大きなマットレスがあった。

「この上に寝かせなさいよ」、ジュディが言った。

「嘘だろ」、俺が言った。「まずスカートを脱がしてよ」

彼女はファスナーを下げ薄い布地をあっという間に脱がせた。ストッキングをくるぶしまでくるくると丸めた。実際、風呂場のマットの上の裸のジーン・アスキースを見るまで俺はグラマーな娘がどういうものか知らなかった。夢のようだった。彼女は目をつむったままほんの少し涎《よだれ》をたらしていた。俺はタオルで彼女の口をふいてやった。彼女のためじゃなく俺のために、ジュディは薬箱をごそごそやっていた。

「いいものが見つかったわ、リー。これ飲ませなさいよ」

「いまは飲めないだろう。眠ってるよ。胃のなかになんにもないんだ」

「じゃあ、やっちゃいなさいよ、リー。あたしに気兼ねしないで。目を覚ましたらたぶんうまくいかないわよ」

「君は激しいな、ジュディ」

「あたしが服着てるの気になる？」

彼女はドアのほうへ向かうと鍵穴の鍵を回した。それからドレスとブラジャーを取った。つけているのはストッキングだけだった。

「あんたの番よ、リー」

彼女は浴槽に脚を開いて座り、俺を見つめた。もう待てなかった。俺は着ている服を放り投げた。

「彼女にくっつきなさいよ、リー。早くして」

「ジュディ」、俺は彼女に言った、「君はひどい女だな」

「どうして？　この娘の上に乗っかってるあんたを見るのが愉快なのよ。さあ、リー、さあ……」

俺は娘の上に倒れかかったが、このいまいましいジュディのおかげで俺はびびってしまった。ぜんぜんうまくいきそうにない。俺はひざまずいたままだったし、ジーンは俺の両脚のあいだにいた。ジュディはさらにそばに寄ってきた。俺の上にジュディの手を感じたが、彼女はしかるべきところへ俺を導いた。彼女の手はそのままだった。俺はうめきそうになってひどく興奮していた。ジーン・アスキースは身動きしないいままだったが、彼女の顔に目をやると、まだ涎をたらしていた。彼女は目を半分開いた、それからまたつむったが、俺は彼女が少しからだを動かしはじめるのを——腰を動かしはじめるのを——感じたし、ジュディはそのあいだ同じことを続け、もう片方の手で俺の下半身を愛撫してくれるのだった。

ジュディが立ち上がった。彼女は部屋のなかを歩き明かりが消えた。さすがにこうこうとした明かりの下で全部やってしまうのは気が引けたのだ。彼女が戻ってきたので俺は彼女が続きをやりたいのだと思ったが、彼女は俺の上にかがみ込んで、手で探ってきた。俺はまだしかるべき位置にいたが、彼女は逆さまになって俺の背中の上に腹ばいになると、今度は、手のかわりに口だった。

6

一時間もすると、さすがに俺も他の連中が変に思うんじゃないかと気づいたので、二人の娘からなんとか身を離した。俺たちが部屋のどの辺にいたのかもうよくわからない。頭は少しふらふらするし背中が痛かった。ジーン・アスキースが遠慮なしに爪でひっかいたので俺の腰は傷だらけだった。俺は壁のところまで這っていき位置を確かめてから、電気のスイッチを見つけた。そのあいだジュディはもぞもぞやっていた。明かりをつけるとジュディが地べたに座って目をこすっているのが見えた。ジーン・アスキースは腕の上に頭をのせてゴムのマットの上に腹ばいになり、眠っているようだった。主よ、この娘の腰つきときたら！　俺は急いでシャツとズボンをはいた。ジュディは洗面所の前で化粧をしていた。そのあと俺はバスタオルをとって水に浸した。ジーンの頭を持ち上げて目を覚まそうとしたのだが――彼女は目を見開いていた――、なんと、彼女は笑っていた。俺は彼女の胴体のまんなかをつかんで、浴槽の縁に座らせた。

「シャワーを浴びるとすっきりするよ」

「へとへとだわ」、彼女が言った。「飲みすぎちゃったみたい」

「そのようね」、ジュディが言った。

「おお！　それほどでもないさ！」、俺は請け合った。「ひと眠りしたから大丈夫だ」

するとお彼女は立ち上がって首っ玉にしがみついてきたが、キスもうまいもんだった。俺は優しく身を離すと彼女を浴槽に放り込んだ。

「目を閉じて、頭を上げて……」

俺は水と湯の給水栓を回し彼女はシャワーを浴びた。生温かい湯を浴びると、彼女のからだはぴんとなって、乳首の先がいっそう濃い色になり少しずつ突き出てくるのが見えた。

「いい気持ち……」

ジュディはストッキングを上げていた。

「急ぎなさいよ、二人とも、いますぐ下に降りて行ったら、たぶんまだ飲み物にありつけるわ」

俺はバスローブをつかんだ。ジーンが蛇口を閉め俺が彼女を吸水性の布地で抱きすくめた。こうされるのが彼女はきっと好きだったのだ。

「ここはどこ？」、彼女が言った。「デクスターの家なの？」

「別の友だちのとこだ」、俺が言った。「デクスターの家じゃ退屈だと思ってね」

「よく連れてきてくれたわ」、彼女が言った。「ここのほうが居心地がいいもの」

彼女はすっかり乾いていた。俺はツーピースのドレスを差し出した。

「これを着て。化粧を直したら、おいで」

俺はドアのほうへ向かった。ジュディの前で扉を開くと彼女はものすごい勢いで階段を降りていった。俺もあとに続こうとした。

「待って、リー……」

ブラジャーをつけてくれとジーンは俺のほうを振り向いた。俺はうなじを優しく噛んでやった。彼女は後ろにのけぞった。

「また私と寝てくれる？」

「喜んで」、俺が言った。「いつでも好きなときに」

「いますぐは？……」

「妹さんが君は何をしているかって思うぜ」

「ルーもここにいるの？」

「もちろん！……」

「おお！……それはいいわ」、ジーンが言った。「それじゃ、彼女の監視ができるわね」

「君の監視は彼女の役に立つだけだな」、俺は請け合った。

「ルーのことどう思うの？」

「彼女ともうまく寝られるな」、俺が言った。

彼女が再び笑った。

「彼女はすばらしいわ。彼女みたいになりたい。あなたが服を脱いだ彼女を見たら……」

「それ以上は望まないよ」、俺が言った。

「まあ！　あなたって、ほんとうにがさつね！」

「ごめんよ！　礼儀作法を覚える暇がなかったもんで」

「私はあなたの礼儀作法が好き」、甘えるように俺を見ながら彼女が言った。

俺は彼女の腰に手を回すとドアのほうへ引っ張っていった。

「そろそろ下に行かなくちゃ」

「あなたの声も好き」

「さあ、来て」

「私と結婚したい？」

「馬鹿なこと言うなよ」

俺は階段を降りはじめた。

「馬鹿なことなんか言ってないわ。いますぐあなたは私と結婚すべきなのよ」

彼女は完全に落ち着いていて自分の言っていることに確信があるようだった。

「君とは結婚できないよ」

「どうして？」

「妹のほうが好きかも」

彼女はまた笑った。

「リー、あなたが大好き！」

「仕方ないね」、俺が言った。

みんなリビング・ルームにいて、どんちゃん騒ぎの最中だった。俺はドアを押してジーンを通した。われわれの到着は不満混じりの歓声に迎えられた。彼らはゼラチン入りの鳥肉の缶詰を開けて豚のように食らっていた。ビルとディックとニコラスはシャツ姿になってソースだらけだった。ルーは上から下までドレスにマヨネーズの大きな染みをつくっていた。ジュディとジッキーに関していえば、それこそ無我夢中で食いまくっていた。瓶が五本なくなりかけているのがわかった。

ラジオからはダンス・ミュージックのコンサートが小さな音で流れていた。鳥肉を見るとジーン・アスキースは大声をあげ、手づかみで大きな切れ端をつかむと間髪を入れずにかぶりついた。俺も座って、自分の皿を一杯に盛った。まったく幸先は良かった。

7

午前三時にデクスターが電話してきた。ジーンはさっきよりもっと酔っ払おうとせっせと飲み続けていたので、俺はそれをいいことにニコラスに彼女の面倒を見させておいた。俺は妹にくっついたまま、できるだけ彼女に飲ませた。だがなかなか思いどおりにはいかないしこっちはあの手この手を使わねばならなかった。デクスターはアスキースの両親が娘たちの姿が見えないのはおかしいと思いはじめていることを知らせてきたのだった。どうして俺たちの会合場所がわかったのかと彼に聞いたのだが、彼は電話口で笑うだけだった。なぜ俺たちが出発したのかを説明した。

「いいんだ、リー」、彼が言った。「うちの家じゃ、今夜は、面白いことをやろうたってどうしようもないのはよくわかってるよ。お堅い連中ばっかりだし」

「こっちへ来いよ、デックス」、俺が文句を言った。

「もう飲むものがないのか？」

「ない」、俺が言った。「そうじゃないけど、君の気分が変わるだろ」

いつものようにこいつは辛辣だが、いつものようにまったく無邪気な調子なのだ。

「俺は出ていけないよ」、彼が言った。「そうじゃなけりゃ行くんだけどな。アスキースの両親には何て言えばいいんだ？」

「娘さんたちは家まで送るからと言っといてくれ」

「それで両親が納得するかどうか知らないぞ、リー、わかるだろ……」

「彼女たち、自分のことは自分でできる年頃じゃないか」

「わかった、リー、でも彼女たちがひとりっきりでないことくらい両親だってちゃんとわかってるぞ」

「うまくやってくれや、デクスター、当てにしてるよ」

「オーケー、リー、なんとかする。じゃあな」

「じゃあ」

彼は電話を切った。俺も同じように電話を切ってやるべき仕事に戻った。ジッキーとビルは良家の子女向けではないちょっとした体操を開始していたが、俺は興味津々でルーの反応を観察した。彼女はとにかく少し飲みはじめていた。ビルがジッキーのドレスを脱がせはじめたときでさえ、彼女は驚いた様子を見せなかった。

「何にする？」

「ウィスキー」

「これ早いとこ飲んじゃって、そのあとダンスしよう」

俺は彼女をつかむと別の部屋に連れていこうとした。

「あっちで何するの？」

「ここはやかましすぎるだろ」

彼女は何も言わずに俺についてきた。彼女は文句も言わずに長椅子の俺の隣りに座ったが、彼女を撫で回しはじめると、男の人生においては由々しきあの往復ビンタをくらった。俺はものすごい怒りに駆られたが、なんとか微笑みを浮かべたままでいた。

「触らないでよ」、ルーが言った。

「強烈だな」、俺は彼女に言った。

「私が始めたんじゃないわ」

「そんなこと理由にならない。君はここが日曜学校の集まりだとでも思ってるの？　それともビンゴゲームでもやるのか？」

「大当たりの賞品なんかになりたくないわ」

「君が嫌だろうがどうだろうが、君は大当たりの賞品なんだよ」

「父の財産が目当てなんでしょ」

「いや」、俺が言った。「目当てはこれさ」

俺は彼女を長椅子の上にひっくり返してドレスの前の部分をはぎ取った。彼女はおてんば娘のように暴れていた。明るい絹の布地から乳房がとび出た。

「放して。あなたはケダモノよ！」

「ちがうね」、俺が言った。「俺は人間だ」

「あんたなんか大嫌い」、からだを引き離そうとしながら彼女が言った。「一時間も上でジーンと何やってたのよ？」

「何にもしてないさ」、俺が言った。「ジュディが一緒だったこと知ってるじゃないか」

「あんたたちのグループの正体がわかってきたわ、リー・アンダーソン、どんな人たちとつき合ってるのか」

「ルー、誓って言うけど、君の姉さんには酔いを冷ますため以外に触れたりしてないよ」

「嘘つき。彼女が下に降りてきたときの顔を見てないのね」

「まったく」、俺が言った。「きっと君はやきもち焼いているんだ！」

啞然として彼女は俺を見た。

「そんな……何様のつもり？……私を誰だと思ってるのよ？」

「もし俺が……君の姉さんに触ったとしても、俺はまだ君の相手をしたいんだと思ってるんだろ?」

「姉さんは私よりいけてないわ!」

俺はずっと長椅子の上で彼女をつかんでいた。彼女は暴れるのをやめていた。彼女の胸が激しくもちあがった。俺は彼女の上にかがみ込んで、長いこと、かわるがわる彼女の乳房に口づけした、先端を舌で愛撫しながら。それから俺は立ち上がった。

「そうなんだ、ルー」、俺が言った。「姉さんは君よりいけてないよ」

俺は彼女を離すとすばやく身を引いた、というのも俺は激しい反応を期待していたからだ。すると彼女は向こうをむいて泣き出した。

8

その後、俺は毎日の仕事に戻った。口火は切った、あとは待って成り行きに任せるべきだった。実際、彼女たちとまた会えるのが俺にはわかっていた。ジーンは、あんな風な彼女の目を見たあとでは、俺のことが忘れられるとは思えなかったし、ルーはルーで、まあ、歳が歳だし、ジッキーの家で彼女に言ったりやったりしたことに俺は期待していた。

次の週、新しい本の積荷を受け取ったが、それは秋の終わりと冬の到来を告げていた。俺はあいかわらずなんとかうまくやっていたし金も貯めていた。いまではもうかなりの額になっていた。貧乏だけれど、それで十分だった。いくらか出費もしなけりゃならなかった。服を新調したり、それから車の修理をしたり。ストック・クラブで演奏していた町で唯一のまああの楽団でギタリストの代役も何度かやった。ストック・クラブ自体は、他の楽団、例えばニューヨークのやつとかとは何の関係もなかったと思うが、眼鏡をかけた若い連中が保険代理業者や地方のトラクター販売商の娘たちを引き連れて喜び勇んでやって来ていた。そいつは少しは余分の金になったし、そこで声をかけることのできた連中に本も売りつけてやった。グループの仲間たちも何度か足を運んでくれた。彼らとは定期的に会っていたしあいかわらずジュディやジッキーと寝ていた。ジッキーを捨てることはできなかった。しかし女が二人いたのは幸いだったかもしれない、俺は驚くほど元気だったからだ。それ以外には、運動していたしボクサー並みの筋肉がついていた。

それから、デックスの家のパーティから一週間後のある晩、トムから手紙を受け取った。できるだけ早急に来てくれと俺に頼んでいた。土曜日を利用して町まで急いだ。トムが手紙を書くのは何かあるのだとわかっていたし、厄介なことなんだと思った。

あいつらは、選挙中に、国中で見つけることのできる最悪のごろつきである上院議員、バルボの命令で投票妨害をやった。黒人たちが選挙するようになってから、挑発が増していった。奴がうまく手を回して、投票の二日前に奴の手下どもが黒人の集会を蹴散らし二人を殺したのだ。

兄は黒人学校の教師の資格で公に抗議の声を上げ、書簡を送ったのだが、その翌日袋叩きにあっていた。居場所を変えるために車で連れに来てくれと書いていた。

兄は家で俺を待っていた、暗い部屋にひとりっきりで。彼は椅子に座っていた。すっかり曲がってしまった幅の広い彼の背中と頭を抱え込んだ姿を見ると心が痛んだし、俺は怒りの血、俺の良き黒い血が静脈のなかに押し寄せ俺の耳に歌いかけるのを感じていた。彼は立ち上がると俺の両肩をつかんだ。口は腫れ上がってろくに口もきけなかった。彼を慰めようとして背中をポンと叩こうとしたとき、彼は俺の手を止めた。

「あいつらに鞭で打たれたんだ」、彼が言った。

「誰がやったんだ？」

「バルボの手下たちとモランの息子」

「またあいつか！……」

俺は思わず拳を握りしめた。冷たい怒りが少しずつ俺を満たしていった。

「あいつを殺《や》ってやろうか、トム？」

「いや、リー。われわれにはできない。お前の人生が終わってしまう。お前には
チャンスがある、黒人らしいところがないんだし」

「でも俺は兄さんよりだめな人間だよ、トム」

「僕の手を見ろ、リー。僕の爪を見ろ。僕の髪と僕の唇を見ろ。僕は黒人なんだ
よ、リー。僕はそれから逃れられない。お前は！……」

彼はそこでやめて俺をじっと見ていた。この男はほんとうに俺を愛していた。

「お前は、リー、なんとか切り抜けるべきだ。神がその手助けをしてくれる。神
がお前を助けてくれるんだ、リー」

「神はそんなこと気にかけてくれないよ」、俺が言った。

彼は微笑んだ。俺に確信がないことくらい彼にはわかっていた。

「リー、お前はあまりに若くしてこの町を出て行ったし、信仰を失ったけど、そのときが来れば神はお前を赦してくださるだろう。逃げなければならないのは人間からだよ。だけど両手と心を開いて、お前は神のもとへ行かなければならないんだ」

「どこに行く、トム？　金はいるか？」

「金はあるよ、リー。僕はお前と一緒に家を出たかった。いま僕がしたいのは……」

彼はそこでやめた。彼の歪んだ口から言葉はうまく出なかった。

「家を燃やしたいんだ、リー。父さんがこの家を建てた。僕たちがいるのは全部父さんのおかげなんだ。肌の色はほとんど白人だったよ、リー。でも覚えているか、彼はけっして自分の人種を否定しようとは考えなかった。弟は死んだし、黒人の二本の手で父さんが建てた家を誰も所有することはできないんだ」

俺には何も言うことはなかった。俺はトムが荷造りをするのを手伝いそれをナッシュに積み込んだ。家はかなり辺鄙なところに建っていて、町外れにあった。最後の始末をトムに任せて荷物をもっとしっかり固定するために俺は外に出た。

数分後に彼も合流した。

「さあ」、彼が言った、「行こうか、正義が黒人のためにこの地上に君臨する時はまだ来ていないのだから」

赤い光が台所でちらちらしていた、そして突然それが大きくなった。鈍い音を立てて石油缶が爆発し隣りの部屋の窓が明るくなった。それから長い炎が板壁を裂いて風が火事をあおった。家のまわり全体に火の手が踊り、赤い光のなかでトムの顔が汗で光っていた。大粒の涙が二筋彼の頬を伝った。そのとき彼は俺の肩に手をやり俺たちは後ろを向いて出発した。

トムは家を売ることだってできたのにと思う。金があれば、モランに嫌がらせをすることもできたし、たぶん三人のうちの一人は叩きのめすことができたが、彼の考えで好きにするのを邪魔したくなかった。トムの頭のなかにはまだ善意や神という偏見がありすぎた。トムはあまりに正直すぎた、そのために彼は破滅するかもしれない。彼は善行を行えばその報いがあると信じていたが、そうなるとしても、そんなものは偶然にすぎない。重要なことはひとつだけ、それは復讐すること、ありうる最も完璧なやり方で復讐することなのだ。なんなら俺よりさらにもっと白かったともいえる弟のことを思った。アンヌ・モランの親父が弟が彼の娘を口説いて一緒に外出したりしているのを知ったとき、事は長引かなかった。だけど弟は一度も町から出たことはなかった。俺のほうは、十年以上も遠くにいたままだったし、俺の素性を知らない連中とつき合って、奴らが俺に少しずつまるで反射作用のように植えつけたあの汚らわしい謙虚さを失うことができたのだ、トムの裂けた唇に憐れみがどうのこうのと言わせるあのおぞましい謙虚さ、白人の足音を聞きながらわれらが兄弟たちに身を隠すように駆り立てるあの恐怖を。だけど白人の肌をしていれば、白人を掌握できるのを俺はよく知っていた、白人はお喋りだし、自分の同類と思い込んでいる連中を前にするとつい本心を漏らしてしまうからだ。ビルに対しても、ディックに対しても、ジュディに対しても、俺はすでにポイントを稼いでいた。だがこいつらにお前らは黒人にだまされているんだなどと言ってみても、俺の得にはならない。ルーとジーン・アスキース相手に、俺はモランと奴ら全員に対する仕返しをしてやる。一人のかわりに二人だ、それに俺は弟が殺されたみたいに奴らに殺されはしない。

トムは車のなかでうとうとしていた。俺は加速するだろう。彼をマーチソン乗換駅の直接の支線まで連れていき、そこから北行き特急列車に乗せなければならない。兄はニューヨークに戻ることに決めていた。トムはまじめな奴だ。あまりにセンチメンタルな正直者。謙虚すぎるのだ。

9

翌日俺は町にたどり着き、寝ずに仕事を再開した。眠たくはなかった。俺はずっと待っていた。十一時頃それは電話の形でやって来た。ジーン・アスキースがデックスと彼女の他の友だちと一緒に週末に自宅に招いてくれたのだ。俺はもちろん承諾したが、いそいそとした様子は見せなかった。

「なんとか行けるようにするよ……」

「来られるようにして」、彼女は電話の向こうで言った。

「それほどナイトが足りないわけでもないだろ」、俺がからかった。「それとも、なにか、穴ぐらにでも住んでるのか」

「ここの男たちときたら、ちょっぴり飲み過ぎた女の子の世話の仕方も知らないのよ」

俺はよそよそしいままだったが彼女はそれを感じていた、というのも軽い笑い声が聞こえたからだ。

「来て、ほんとにあなたに会いたいの、リー・アンダーソン。それにルーも喜ぶわ……」

「俺のかわりに彼女にキスを」、俺が言った、「それから君のために同じようにキスしろとルーに言っといて」

前よりやる気満々で仕事に戻った。俺は元気を取り戻していた。夕方ドラッグストアーへグループに会いに行き、ジュディとジッキーをナッシュに乗せて連れ出した。体位にはあまり都合のいい車ではないが、思いがけないアングルを見つけ出すことがある。さらに一晩俺はぐっすり眠った。

ワードローブを揃えるために、翌日身のまわりのものやスーツケースを買いに行った。新しいパジャマ一組と、それからどうでもいいものだが、足りない細々としたものとかも。あの連中の家で浮浪者だと思われたくなかったし、浮浪者に思われないようにするには何が必要なのかほぼ俺にはわかっていた。

その週の木曜の夕方、予定どおりレジの計算が終わって伝票をつけていると、五時半頃、デクスターの車がドアの前に停車するのが見えた。店を閉めていたので彼のためにドアを開けに行くと彼が入ってきた。

「よお、リー」、彼が俺に言った。「仕事はうまくいってる？」

「まあまあだ、デックス。勉強のほうは？」

「おお！……ほうほうのていさ。野球やホッケーの趣味がないから有名な学生になれないんだ、わかるだろ」

「ここに寄るなんてどういう風の吹き回しだい？」

「君を拾って一緒に晩飯を食うために寄ったんだけど、そのあとで、俺のお気に入りの気晴らしでもやってみようと君を連れにきたんだ」

「わかった、デックス。五分くれ」

「車のなかで待ってる」

俺は伝票と金を金庫にしまい込むとシャッターを下ろし、上着を取って裏のドアから外に出た。重っ苦しい嫌な天気で、もうだいぶ季節は深まっているのに暑すぎた。大気はじめじめしていて肌にまとわりつくようで、物に触るとべとべとしていた。

「ギターを持っていくか？」、俺はデックスに聞いた。

「それには及ばない。今夜の気晴らしは俺にまかせといて」

「じゃ、行こう」

俺は前の席の彼の隣りに腰を落ち着けた。彼のパッカードというのは俺のナッシュとは別格物だが、この坊やは運転が上手くなかった。ギアを入れ直すたびにエンジンをガリガリやっているけど、まあ頑張ってくれなきゃ。

「どこに連れてってくれるんだい、デックス？」

「まずストックへ食事しに行って、それから俺たちが行くところへ君を連れていくまでさ」

「土曜日は君もアスキース家に行くよな」

「ああ。よかったら乗せるよ」

それだったらナッシュで行かなくて済む。デクスターのような保証人がいれば、それだけの価値があった。

「ありがとう。頼むよ」

「君はゴルフをやるのか、リー？」

「生まれて一度しかやってない」

「服とクラブは持ってるか？」

「持ってるわけないだろ！　俺をカイザーだとでも思ってるのか？」

「アスキー家にはゴルフ場があるんだ。忠告のために言っとくけど、君に医者がいたらゴルフなんか禁止してくれるほうがいい」

「ひどいことになると思ってるんだろ」、俺は文句を言った。

「じゃあ、ブリッジは？」

「おお！　それなら、いける」

「うまいほうか？」

「いける」

「それじゃあ、同じようにあえてはっきり宣告しとくけど、ブリッジも一回やったら君には致命傷になるぞ」

「そんなこと言ったって」、俺は食い下がった、「俺はできるよ……」

「平気な顔して五百ドル負けられるかい？」

「そいつは困るな」

「それなら、俺の忠告に従ったほうがいい」

「今夜は、デックス、やけに親切じゃないか」、俺が彼に言った。「あいつらとつき合うのに俺があまりに文無しすぎると言いたいんだろ、それを俺にわからせるために君が俺を招いたのなら、すぐそう言えよ、さよならだ」

「俺に感謝するほうがいいよ、リー。君が言うとおり、あいつらを前にして長持ちできる方法を提供してるんだから」

「君になんの関わりがあるのか不思議だな」

「興味があるんだ」

彼は一瞬黙り赤信号を守って急ブレーキをかけた。パッカードはスプリングを軋ませ、前につんのめって、それから元に戻った。

「なんの興味なのかわからん」

「君があの娘たちをどうしたいのか知りたいんだ」

「可愛い娘なら全員気にかける価値はあるさ」

「君なら同じくらい可愛くてもっと簡単な女なんて一ダースは選りどり見どりだろ」

「君の言葉の最初の部分が完全に真実だとは思わない」、俺が言った、「後半も違うな」

彼はいかにも思惑がありそうに俺を見た。俺はむしろ道をちゃんと見ていてほしいと思っていた。

「君には驚かされるよ、リー」

「正直言って」、俺が言った、「あの二人の娘は俺の好みだと思ってる」

「そういうのが好きなのはわかってる」、デックスが言った。

きっと彼が俺に言外に隠しているのはそんなことじゃない。

「彼女たちと寝るのがジュディやジッキーより難しいとは思ってないね」、俺は断言した。

「君が求めているのは、単にそれじゃないだろ、リー？」

「単にそれだよ」

「じゃあ、気をつけな。君がジーンに何をしたのか知らないが、五分間電話をしてて、なんだかんだ言っても彼女は君の名前を四回口にしたんだぜ」

「そんなに強い印象を与えたなんてうれしいね」

「どっちにしても結婚しないで寝ることができる女の子たちじゃない。ともかく、彼女たちはそんな感じだと思う。いいかい、リー、俺はあいつらを十年前から知ってるんだ」

「なら、俺はついてたってことだ」、俺は断言した。「だって俺は二人と結婚する気なんかないし、しかも二人と寝るつもりだからな」

デクスターは何も答えずまた俺を見た。ジュディの奴がジッキーの家での俺たちの濡れ場のことを喋ったのだろうか。こういう男には残りを話さなくても物事の四分の三は見抜くことができると思う。

「降りろよ」、彼が俺に言った。

気づくと車がストック・クラブの前で停まっていたので俺は降りた。

俺はデクスターの先を行ってなかに入っていったが受付のブルネットの女にチップをやったのは彼のほうだった。俺のよく知っている制服のボーイが予約していたテーブルに案内してくれた。このビストロは一流店の猿真似をしようとしていたが、結果は滑稽になるだけだった。通りすがりに俺はバンマスのブラッキーに握手した。カクテルの時間だったしバンドはダンス曲を演奏していた。ほとんどの客は顔見知りだった。でもいつもは舞台のほうから彼らを見ているので、客席の側に突然敵と一緒にいるのはいつだって妙な気分になる。

俺たちが席に着くとデックスがトリプル・マティーニを注文した。

「リー」、彼が俺に言った、「もう君にその話はしたくないけど、あの子たちには気をつけろよ」

「いつだって気をつけてる」、俺が言った。「どういう意味で言ってるのかわからないけど、たいていは自分が何をしているのかわかってるさ」

彼は俺に答えなかったが、二分後には別の話になっていた。奴は自分の奇妙な雰囲気をひそかに消したいときには、面白いことを言うことができたのだ。

10

店を出た頃には二人ともかなり出来上がっていたが、デクスターがぶつくさ言うにもかかわらず俺はハンドルを握った。

「土曜日のために俺のツラをめちゃめちゃにされるのはごめんだね。運転しながらいつも君はよそ見をしてるし、そのたびに死にそうな気がするよ」

「でも君は道を知らないじゃないか、リー……」

「それがどうした！」、俺が言った。「俺に教えてくれりゃいいんだ」

「君が行ったことのない街の界隈だしややこしいんだ」

「おお！　しつこいぞ、デックス。どの道だ？」

「よし、じゃあ、スティーヴンズ・ストリート三〇〇番地へやってくれ」

「あっちか？」、俺は西の界隈の方向をなんとなく指差してたずねた。

「そう。知ってるかい？」

「全部知ってるさ」、俺が請け合った。「いいか、出発するぞ」

　このパッカードというのは、ビロードを運転しているみたいだった。デックスはこれが好きではなく両親のキャデラックのほうがよかった。でもナッシュに比べれば、ほんとうにご機嫌なしろものなのだ。

「俺たちが向かっているのはスティーヴンズ・ストリートだな？」

「そのそばだ」、デックスが言った。

　トリプルでやったアルコールの量にもかかわらず、彼はしゃきっとしていた。一滴も飲んでいないみたいだった。

　俺たちは町の貧民街のどまんなかに到着した。スティーヴンズ・ストリートは最初はいい感じで始まっていたが、二〇〇番地くらいから安物の住居になり、それから一階建ての掘建て小屋になってみすぼらしくなる一方だった。三〇〇番地になると、まだなんとか立っているという感じだった。家の前にほとんどフォードT型時代の古い自動車が数台あった。俺は車を指示された場所に止めた。

「来いよ、リー」、彼が言った。「ちょっと歩く」

彼がドアを閉めると俺たちは歩き出した。彼は曲がって横丁に入り百メートルほど行った。木と取り壊された柵があった。デックスは二階建てのばかでかい建物の前で立ち止まったが上は板張りだった。庭じゅうにあるおびただしい廃棄物を取り囲むフェンスは奇跡的にほぼ良い状態のままだった。彼はいきなりなかに入った。もうほとんど夜になりかけていて隅っこには奇妙な影がうごめいていていた。

「来いよ、リー」、彼が言った。「ここだ」

「ついていくよ」

家の前にはバラの木があって、たった一本だけだったが、その香りは辺りに立ち込める汚物の悪臭を消すのに十分だった。デックスは家の横にある入口の二段の階段をはい上がった。呼び鈴を鳴らすと太った黒人女が扉を開けにきた。彼女は何も言わずに後ろを向くと、デクスターがそのあとに従った。俺は後ろ手に扉を閉めた。

二階に上がると、黒人女は姿を消して俺たちを通した。長椅子があり、酒瓶とグラスが二つ、十一か十二歳くらいの少女が二人いたが、ひとりはソバカスだらけの小さな丸ぽちゃの赤毛、もうひとりは若い黒人娘でこちらが年上らしかった。

彼女たちはシャツに短すぎるスカートをはいて長椅子におとなしく座っていた。

「ほら、お金を持ってきてくれる旦那たちだよ」、黒人娘が言った。「おりこうさんにしてね」

彼女がドアを閉めると俺たちだけになった。俺はデクスターを見た。

「服を脱げよ、リー」、彼が言った。「ここはひどく暑いな」

彼は赤毛のほうを向いた。

「手伝ってくれ、ジョー」

「あたしポリーっていうの」、子供が言った。「お金くれる?」

「もちろん」、デックスが言った。

彼はしわくちゃの十ドル紙幣をポケットから取り出すとそのガキに渡した。

「ズボンを脱ぐの手伝ってくれ」

俺はまだ身動きしていなかった。俺は赤毛が立ち上がるのを見た。十二歳よりもう少し上にちがいなかった。短かすぎるスカートの下の尻はまんまるだった。デックスが俺を見ているのがわかっていた。

「俺は赤毛をもらうぜ」、彼が俺に言った。

「これが監獄もんの危険があることくらいわかってるよな」

「この子の肌の色が嫌なのか?」、あけすけに彼が言い放った。奴はこれを俺に取っておいたのだ。彼はあいかわらず目の上に髪の毛を垂らしたまま俺を見ていた。彼は待っていた。俺は顔色を変えなかったと思う。二人のガキはちょっぴりおびえてもう身動きしなかった……

「おいで、ポリー」、デックスが言った。「一杯飲みたいか?」

「いらない」、彼女が言った。「飲まなくてもお手伝いできるもん」

一分もしないうちに、彼は服を脱いでスカートをめくりながら子供を膝の上にのせた。彼の顔が暗くなりはーはー言いはじめていた。

「痛くしないでくれる？」、彼女が言った。

「黙って言うとおりにするんだ」、デクスターが答えた。「そうでないと、金をやらないぞ」

彼が彼女の脚の間に手を突っ込むと彼女は泣き出した。

「黙れ！」、彼が言った。「それともアンナにお仕置きしてもらおうか……」

彼は顔を俺のほうに向けた。俺は身動きしていなかった。

「この子の肌の色が嫌なのかい？」、彼がまた繰り返した。「俺の女の子がいいのか？」

「これでいい」、俺が言った。

俺はもうひとりのガキを見た。彼女はそんなことにはなんの関心もないように頭を掻いていた。彼女はすでに一人前の女だった。

「おいで」、俺は彼女に言った。

「始めてもいいんだぜ、リー」、デックスが言った、「彼女たちは清潔だ。おい、お前、黙らないか」

ポリーは泣くのをやめて鼻をぐすぐすいわせた。「痛いんだもん！」「あんた、大きすぎる……」、彼女が言った。

「黙れ」、デックスが言った。「あと五ドルやるから」

奴は犬のようにあえいでいた。それから尻をつかむと椅子の上でせわしなく動きはじめた。

ポリーの涙がまた音もなく流れていた。チビの黒人は俺を見つめていた。

「服を脱いで」、俺は彼女に言った、「長椅子の上に来いよ」

俺は上着を脱いでベルトをはずした。俺が彼女のなかに入ったとき彼女は小さな叫び声をあげた。そして彼女は地獄のように燃え上がるのだった。

11

土曜日の夜がきてもデクスターを見なかった……ナッシュに乗って彼の家まで行ってみることにした。彼がやっぱり行くのなら、ナッシュをガレージに置いていけばいい……そうでなければ、直接出発するまでだ。

前の晩は具合の悪い彼を豚のように放っておいた。俺が思っていたよりずっと酔っ払っていたにちがいなかったし、奴は悪ふざけをやりはじめたのだった。小さなポリーは左の乳房に傷跡が残ったはずだ、あの馬鹿が狂犬のように彼女にかぶりつくことを思いついたからだった。奴は金さえ払えば彼女がおとなしくなると思ったのだろうが、黒人女のアンナがすぐに戻ってきて、出入り禁止にすると脅したのだった。たしかに彼がこの家に来たのははじめてではなかった。奴はポリーを手放したがらなかったし、赤毛の匂いが気に入ったにちがいなかった。アンナはポリーに包帯のようなものをつけてやると睡眠薬を与えたが、ポリーをデックスに置いていくしかなかったし、奴は喉で大きな音を立てながら彼女のからだじゅうの傷跡をなめまわしていた。

俺は奴がどう感じることになったのかわかっていた、俺としても、あの黒人のガキから身を引き離す決心がつかなかったからだし、ともかく俺は彼女を傷つけないように気をつけていたが、彼女は一度として不平を言わなかった。彼女はただ目を閉じただけだった。

そのせいでデックスにアスキース家のウィークエンド・パーティに出かける元気があるのかどうか疑問だった。俺自身、前日目を覚ましたときは妙な状態だった。リカルドのおやじならわかるはずだ。朝の九時からトリプル・ゾンビをつくってもらったが、まともな状態になるにはこれしか知らなかった。実のところ、バックトンに来るまで俺はほとんど飲んでいなかったしそれが間違いだと気づいていた。適度にやっていれば、頭がはっきりするという例には事欠かない。今朝は大丈夫だったし、俺は元気いっぱいでデックスの家の前に車を止めた。

俺が思っていたのとは反対に、奴はすでに俺を待っていた、髭は剃りたてで、ベージュのギャバジンのスーツに、グレーとピンクのツートンカラーのシャツを着て。

「朝飯は済ませたのか、リー？　俺は途中で車を止めるのが嫌だから、腹ごしらえをするように気をつけてるんだ」

こういうデクスターはガキのように明るくて、単純で、明瞭だった。ともあれ歳より老けたガキだ。彼の目が。

「ハムを少しとマーマレードを食べておこうかな」、俺が答えた。

召使いがたっぷり給仕してくれた。俺は食べているときに誰かにうろうろされるのが大嫌いなのだが、そんなことはデクスターにはしごく普通のことらしかった。

そのあとすぐに俺たちは出発した。俺は荷物をナッシュからパッカードに移し、デクスターは右側に座った。

「運転してくれ、リー。そのほうがいい」

奴はこっそり俺を見た。それが前々日の夜への唯一のほのめかしだった。残りの道中、奴はご機嫌でアスキースの両親の話をいろいろしてくれたし、この二人のゲス野郎たちはほんとうのところ相当な資本を持って人生にデビューしたが、唯一の落ち度が彼らとはちがう肌の色をしている人々を搾取する習慣があった。彼らはジャマイカかハイチの近くに砂糖キビの農園を持っていて、デックスが言うには奴らの家ではすごいラムが飲めるということだった。

「リカルドの店のゾンビなんてもんじゃないからな、リー」

「じゃあ、そいつをやろう！」、俺は断言した。

それなら一発レバーにお見舞いして加速しよう。

俺たちは一時間そこそこで百マイルを走り、プリックスヴィルに着くとデクスターが先導してくれた。そこはバックトンよりずっと小さな村だったが、家はもっと豪華に見えたし庭はもっと広かった。こんな風に誰もが大金をたんまり持っているらしい場所があるのだ。

アスキース家の鉄柵は開いていて、俺はギアを入れるとガレージに通ずる傾斜した道を上ったが、俺にかかればエンジンがノッキングを起こすことはなかった。俺は車を他の二台の自動車の後ろにつけた。

「もう客が来てるな」、俺が言った。

「いや」、デクスターが言った、「家の車だ。まだ俺たちだけだと思うよ。俺たち以外には近所の奴らがいるだけだ。こいつらは順繰りに招待し合ってる、家に戻れば、あまりに退屈だからな。そんなに家にはいないに決まってるけど」

「なるほど」、俺が言った。「憐れむべき人たちってわけだ」

彼は笑って車から降りた。それぞれがスーツケースを取ると俺たちはジーン・アスキースの目と鼻の先にいた。彼女はテニス・ラケットを持っていた。白いショートパンツをはいていて、試合が終わったのでアヒルの青いセーターを羽織っていたが、それが恐ろしいくらいからだの線を際立たせていた。

「まあ！　いらっしゃい」、彼女が言った。

彼女は俺たちに会ってうれしいみたいだった。

「何か飲んでよ」

俺がデックスを見ると、デックスも俺を見たが、俺たちは同意して首を振った、それも一緒に。

「ルーはどこ？」、デックスがたずねた。

「もう上にあがってるわ」、ジーンが言った。「着替えなきゃならないし」

「おお！」、いぶかしげに俺が言った。「ここじゃ、ブリッジするのに着替えるのかい？」

「つまり、ショートパンツを替えにね。あなたたちもそれよりもっと楽なのに着替えなさいよ。あなたたちのお部屋に案内するわ」

「君もショートパンツを替えに行けばいいのに」、俺が冷やかした。「少なくとも一時間前からはきっぱなしだろ」

俺は指にラケットの一撃を食らった。

「汗なんかかかないもん！」、彼女が言い切った。「もうそんな歳じゃないわ」

「試合にも負けたんだろ、たぶん？」

「そうよ！……」

彼女がまたしても笑った。彼女は自分がとても上手に笑うことをわかっていた。

「それじゃ、あえてワン・セットお願いしてもいいよな」、デックスが言った。

「当然だけど、今日の午後じゃない。明日の朝」

「もちろん」、ジーンが言った。

俺が思い違いしているのかどうか知らないが、彼女にとって相手は俺のほうがいいだろう。

「よし」、俺が言った。「コートが二つあるのなら、俺はルーとやる、それで負けた者どうしがまた試合する。負けるようにうまくやってくれよ、ジーン、そうすりゃ二人でやれるチャンスがあるし」

「オーケー」、ジーンが言った。

「じゃあ」、デックスが結論を言った、「みんながインチキするんだったら、俺が負けてやる」

三人とも笑い出した。おかしかったわけじゃないが、少しばかり張りつめてきたので、なんとかする必要があったのだ。それからデックスと俺はジーンのあとを家のほうへついていったが、しゃちこばった白いボンネットをかぶって、ひどくほっそりした黒人のメイドに俺たちを託した。

12

部屋で着替えをして下でデックスや他の連中と落ち合った。他に男の子が二人と女の子が二人いて、まるくおさまっていたが、ジーンは女の子の一人と男の子二人と一緒にブリッジをやっていた。ルーはそこにいた。俺はデックスにもう一人の女の子の相手をさせておくと、ラジオのつまみを回して少しダンス・ミュージックをかけた。ちょうどスタン・ケントンが聞こえてきたのでそのままにした。何もないよりはましだった。ルーからは新しい香水の香りがしていて先日のやつよりこっちのほうがよかったが、彼女をからかいたくなった。

「香水を変えたね、ルー」

「ええ、お気に召さない？」

「そんなことない、とてもいいよ。でもそれはやっちゃいけないことだって知ってるよな」

「えっ?」

「香水を変えるのはしきたりに反するよ。ほんとうにエレガントな女性はずっとひとつの香水をつけてるんだ」

「どこでそんなこと覚えたの?」

「誰だって知ってるさ。古いフランスのしきたりだよ」

「ここはフランスじゃないわ」

「じゃあ、どうして君はフランスの香水を使うの?」

「一番いいもん」

「たしかにそうだ、でも君がしきたりを尊重するのなら、全部のしきたりを尊重しなくっちゃ」

「でも、いいこと、リー・アンダーソン、そんなことどこで仕入れてきたのよ?」

「教育のたまものさ」、俺がからかった。

「どこの大学出たの？」

「君の知ってる大学じゃない」

「というと？」

「アメリカに戻る前はイギリスとアイルランドで勉強したんだ」

「じゃ、どうして今みたいな仕事してるの？　もっとお金稼げるでしょ」

「やりたいことをするにはこれで十分さ」、俺が言った。

「家族は？」

「兄弟が二人いた」

「それで？」

「弟は死んだ。事故で」

「もうひとりは？」

「生きてるよ。ニューヨークにいる」

「お知り合いになりたいわ」、彼女が言った。

彼女はデクスターやジッキーの家で見せていたあのつっけんどんな態度を失っていたが、同じようにあのとき俺が彼女にしたことも忘れているみたいだった。

「兄とは知り合いになってほしくないなあ」、俺が言った。

そして俺は兄貴のことを思った。だが彼女が忘れてしまっていると思ったのは俺の間違いだった。

「あなたのお友だちって変よ」、他の話題に移ることなくついでに彼女が言った。

俺たちはあいかわらずダンスの最中だった。実際に曲と曲の間に中断がないので、俺は返事をしないですんだ。

「この前、ジーンに何をしたの？」、彼女が言った。「彼女、人が変わっちゃったわ」

「何にもしてないさ。酔いを覚ますのを手伝っただけ。有名なやり方があるんだ」

「あなたが冗談言ってるのかどうかわからない。あなたが相手だと、何だかわけがわからないわ」

「俺は水晶みたいに透明だよ！……」、俺は保証した。

今度は彼女のほうが答えず、数分間はダンスに没頭した。俺の腕に抱えられて、彼女はリラックスして何も考えていないようだった。

「私もあそこにいたかったわ」、彼女は結論を言った。

「俺も残念だよ」、俺が言った。「今頃やきもきすることもないからね」

この言葉によって俺自身耳の後ろがカーッと熱くなった。俺はジーンのからだを思い出していた。二人ともやっちまって、同時に二人とも消してやる、ほんとうのことを言ったあとで。ありえない……

「あなたが本気で思ってそう言っているとは思えないわ」

「俺がそう思っていると信じてもらうにはなんて言えばいいのかわからないな」

彼女は激しく反発し、俺をペダンチックだとか、オーストリアの精神科医のように話すと言って非難した。なかなか手厳しかった。

「つまりだな」、俺は説明した、「君はいったいいつ俺が真実を言っていると思ってるの？」

「何も言わないときのほうが好き」

「それに俺が何もしないときも？」

彼女をもう少し強く抱きしめた。きっと彼女は俺が何をほのめかしているのかを思い出して目を伏せた。だがこんな風にして手をゆるめるつもりはない。もっとも、彼女が言った、

「あなたが何をするかによるわ」

「俺が何をやってもだめなのか？」

「みんなにそうしても何の得にもならないわ」

俺は少しずつうまくいきはじめているのを感じていた。彼女はほとんど落ちかかっていた。もう少しの頑張りだ。俺はほんとうに一丁上がりになるのかどうかを見たかった。

「なぞなぞをしてるみたいだな」、俺が言った。「君は何の話をしてるんだい？」

今度は、彼女は目を伏せただけではなく、うなだれた。実際彼女は俺よりずっと小さかった。髪に大きな白いカーネーションをさしていた。だが彼女が答えた、

「何の話かよくわかってるでしょ。このあいだ長椅子の上であなたが私にしたことよ」

「それで？」

「出会った女の人みんなにあんなことするの？」

俺が大笑いすると彼女は腕をつねった。

「からかわないでくれ、俺は馬鹿じゃないぞ」

「たしかにそうね。でも質問に答えて」

「いや」、俺が言った。「女の人みんなにあんなことはしない。率直に言って、やりたくなる女はごくわずかしかいないよ」

「よく言うわ。あなたのご友人たちがどんな風だったかちゃんと見たんだから」

「ご友人じゃなくて、仲間だよ」

「つべこべ言わないでよ」、彼女が言った。「お仲間にあんなことするの？」

「あんな女の子たちにあれをやりたくなるって思ってるのか？」

「思ってる……」、彼女がつぶやいた。「ときにはたくさんの人とたくさんのことができるわ」

ほんの少しもっと抱きしめるためにこの言葉を利用しない手はないと思った。同時に俺は彼女の胸を触ろうとした。やるのが早すぎた。彼女は優しく身を離した、しかし毅然として。

「この前はね、いいこと、私はお酒飲んでたのよ」、彼女が言った。

「そうかなあ」、俺が答えた。

「まあ！……飲んでなくてもあんなことさせたと思ってるの？」

「きっとね」

再び彼女はうなだれた、それから顔を上げて俺に言った、

「私が誰とでもダンスすると思ってないわよね？」

「俺はその誰とでもだよ」

「そうじゃないことわかってるくせに」

めったにこんな疲れる会話を続けたことはなかった。この娘は鰻《うなぎ》みたいに指の間をすり抜けてしまうのだ。あるときはすっかりうまくいったように見えて、あ

るときはちょっと触っただけでもいきり立った。それでも俺は続けた。

「俺にどんなちがいがあるのかな？」

「わからない。外見はかっこいいけど、でも他にもあるわ。あなたの声とか」

「へえー」

「ありきたりの声じゃないもの」

再び俺は本気で笑った。

「ちがうの」、彼女はしつこく言った。「もっと重々しい声だし……もっと……どう言えばいいのかしら……もっと均整がとれてる」

「いつもギターの弾き語りをやってるからな」

「ちがうわ」、彼女が言った。「歌手やギタリストがあなたのように歌うのを聞いたことないわ。あなたの声を思い出させる声を聞いたことがある、そう……ハイチで。黒人の声」

「うれしいこと言ってくれるね。彼らは最高のミュージシャンたちだからな」

「馬鹿なこと言わないで！」

「アメリカの音楽は全部彼らから出たんだ」、俺が請け合った。

「そうは思わないわ。大きなダンス楽団は白人だもの」

「そりゃそうさ、白人たちは黒人たちの発見を食いものにするのにずっといい立場にいるからな」

「それはどうかしら。偉大な作曲家はみんな白人よ」

「デューク・エリントンは?」

「いいえ、ガーシュインとかカーンとか、みんなそうよ」

「みんなヨーロッパの移民だよ」、俺が断言した。「もちろん黒人の発見を一番うまく食いものにした連中さ。ガーシュインの作品のなかに、パクったにしろ、転用したにしろ、コピーしなかったオリジナルの楽節を見つけられるとは思わないね。『ラプソディー・イン・ブルー』のなかにそんな楽節があったらひとつでも見つけてみろと言いたい」

「変な人」、彼女が言った。「私は黒人なんか大嫌い」

こいつはすばらしすぎた。俺はトムのことを思ったし、もう少しで神に感謝しそうになった。あまりにこの娘に欲情していたのでこのときは怒りを覚えなかった。そしていい仕事をするには神なんか必要なかった。

「君は他の連中と似たり寄ったりだ」、俺が言った。「君以外のみんなが発見したものを自慢するのが好きなんだ」

「何が言いたいのかわからない」

「旅行すべきだよ」、俺が断言した。「いいかい、映画も、自動車も、ナイロン・ストッキングも、競馬も、白人がひとりで発明したんじゃない。ジャズもね」

「他の話をしましょうよ」、ルーが言った。「あなたは本の読みすぎよ、そういうことだわ」

彼らは横のテーブルでブリッジを続けていたし、ほんとうのところ、俺だってこの娘に酒を飲ませていなかったらどうにもならないだろう。辛抱強くやるしかなかった。

「デックスが君んちのラムのことを話してた」、俺が続けた。「それはただのお話かい、それともしがない庶民にも手の届くものなのかな?」

「もちろん差し上げるわ」、ルーが言った。「喉が渇いてるって気づかなかったの」

俺が彼女を離すと彼女はホーム・バーみたいなところへすっ飛んでいった。

「ミックスにする?」、彼女が言った。「ホワイト・ラムとレッド・ラムがあるけど?」

「ミックスにしてくれ。オレンジジュースがあれば少し入れてもらえれば。喉が渇いて死にそうだよ」

「お安い御用よ」、彼女が請け合った。

部屋の向こうでブリッジのテーブルにいる連中が大声で俺たちを呼んだ。

「おーい! ルー!……こっちの全員にも頼む!……」

「いいわよ」、彼女が言った、「でも自分で取りにきて」

この娘が前にかがみ込むのを見るのはいいものだった。彼女はぴったりしたジャージーのようなものを着ていたが、まんまるの深い襟ぐりになっていて乳房がぎりぎり見えかかっていたし、前に彼女に会った日のように髪の毛はまとめて片側に寄せていたが、今回は左側だった。化粧は前よりずっと薄かったが、ほんと服のなかに噛みつきたいほどだった。

「君はほんとうにきれいな子だ」、俺が言った。

彼女はラムの瓶を手にしてまっすぐ立ち上がった。

「まだ始めないで……」

「始めてない。続きをやってる」

「じゃあ、続きをやらないで。あなたが相手だと、早すぎるの。楽しみがなくなっちゃうわ」

「物事はあまり長く続きすぎるとよくない」

「心地いいことなら、ずっと続くべきよ」

「心地いいことってなんなのか知ってるのか？」

「ええ。例えば、あなたと話をするとか」

「楽しみは君のためにあるんだね。エゴイストだな」

「あなたってがさつな人ね。私の会話がうんざりだっていうの！……」

「喋るのとは別のことに君が向いているって思わずに君を見ることはできないよ、君を見ないで君に語りかけるのは難しい。でも君とずっと話していたい。そのあいだはブリッジをやらない」

「ブリッジが好きじゃないの?」

彼女はグラスをいっぱいにするとそれを俺に差し出した。俺はそれを受け取って半分空にした。

「こりゃいける」

俺はグラスを指差した。

「それに君がつくってくれたのがうれしいね」

彼女の顔がバラ色になった。

「あなたがこんな風だとほんとに楽しいわ」

「言っとくけど他にもいろいろ楽しいことはできるさ」

「気どり屋さんね。いいからだしてるから女ならみんなあれをしたがるって思っているんでしょ」

「あれって何？」

「肉体的なこと」

「やりたくない子って」、俺が断言した、「経験がないんだ」

「そんなことないわ」

「君は経験あるの？」

彼女は答えずに指をよじっていたが、それから心を決めた。

「この前あなたにされたことだって……」

「それで？」

「楽しくなかったわ。あれって……あれってひどかった！」

「でも……不愉快じゃなかっただろ？」

「うん……」、彼女が低い声で言った。

俺はそれ以上しつこく言わずにグラスを空けた。失地回復したのだ。ちくしょう、この娘には手こずりそうだ。お前らにこんな印象を与える鱒がいるんだ。

ジーンが立ち上がってグラスを取りに来た。

「ルーと一緒にいて退屈しない？」

「ご親切なのね！……」、妹が言った。

「ルーは魅力的だよ」、俺が言った。「大好きだ。彼女の手を取っていいかな？」

「絶対だめ！……」、ジーンが言った。「私に優先権がある」

「じゃあ、私ってなんなの、ここじゃ」、ルーが言った。「売れ残りなの？」

「あなたは若いわ」、ジーンが言った。「あなたには時間がある。私のほうは……」

俺は笑った、だってジーンは実際には妹より二歳年上なだけだったからだ。

「馬鹿みたいに笑わないでよ」、ルーが言った。「姉さんはもう老け込んじゃったんじゃないかしら？」

結局のところ、俺はこの二人の娘が気に入っていた。おまけに彼女たちは互いにわかり合っているらしかった。

「歳をとっても君たちがこれ以上だめにならなかったら」、俺はルーに言った、「君たち二人と結婚したいね」

「ひどい人ね」、ジーンが言った。「ブリッジに戻ります。あとで私と踊ってね」

「まあ！　いまいましい」、ルーが言った。「今度は、私に優先権があるんだから。薄汚れたカードでもやりに行きなさいよ」

俺たちは再びダンスを始めたが、番組が変わってしまったので、外に散歩にでもいって足のしびれをとろうとルーに提案した。

「あなたと二人っきりになったほうがいいのかどうかわからない」、彼女が言った。

「たいして危険はない。人を呼べばいいさ」

「それなのよ」、彼女が文句を言った。「馬鹿のふりすればいいんだから！……」

「じゃ」、俺が言った。「もう少し飲みたいね、君がかまわなければ」

俺はバーのほうへ行って何か元気の出るやつをつくってもらった。ルーは俺が置き去りにした場所にとどまっていた。

「何かほしい？」

彼女は黄色い目を閉じながら、いらないと首を振った。彼女にかまうのをやめて、部屋を横切りジーンの勝負を見に行った。

「幸運を運んできたぜ」、俺が言った。

「グッドタイミング！」

彼女は満面の笑みを浮かべて俺のほうを軽やかに振り向いた。

「百三十ドルすっちゃった。ご機嫌だと思わない？」

「百三十ドルが君の財産のうちで占める正確なパーセント次第だな」、俺が請け合った。

「もうゲームやめない？」、そのとき彼女が提案した。

別にゲームをやりたい風にも見えなかった他の三人がいっせいに立ち上がった。デクスターの野郎は、すでにしばらく前から、四番目の娘を庭に連れ出していた。

「こんなのしかやってないの？」、さも軽蔑したようにラジオを指差してジーンが言った。「もう少しましなの見つけてあげる」

彼女はつまみをいじっていたが、踊れそうなところに合わせた。二人の男のうちのひとりがルーを誘った。他の二人も一緒に踊ったので、俺は踊りはじめる前に何か飲ませにジーンを連れていった。彼女という女には何が必要なのか俺にはわかっていた。

13

実際、俺たちのたいそうな会話のあと再びルーに話しかけることはなかったし、デックスと俺は寝るために上にあがった。俺たちの部屋は二階にあって、娘たちの部屋と同じ側だった。両親は別の棟を使っていた。他の連中は家に帰った。両親は別棟を使っていると言ったが、このときはニューヨークだかハイチだか、またどこかへ発っていた。俺の部屋、デクスターの部屋、ジーンの部屋、ルーの部屋は並んでいた。忍び込むにはまずい位置だった。

俺は着替えると、シャワーを浴びてからだを馬毛の手袋でごしごしこすった。デクスターが部屋のなかで何かごそごそしているのが聞こえた。彼は出ていき五分後に戻ると、グラスを満たしている音がした。奴は補給のためのちょっとした遠征に行っていたのだが、悪い考えじゃないと思った。俺たちを隔てている彼の部屋と浴室の連絡扉を俺は軽く叩いた。すぐにドアのところに彼がやって来た。

「おい！　デックス」、俺はドア越しに言った。「夢だったのか、それとも瓶の音が聞こえたのかな？」

「一本やるよ」、デックスが言った、「二本持ってきたんだ」

ラムだった。時間次第で、眠るにしろ起きているにしろこれ以上のものはない。俺は起きているつもりだったが、すぐあとにデックスが横になるのが聞こえた。俺とはちがう飲み方をしたのだ。

半時間ほど待ってそっと部屋を出た。パンツとパジャマの上着だけだった。パジャマのズボンは我慢がならない。ありえないシステムだ。

廊下は暗かったが、どこへ行けばいいのかわかっていた。野球の試合をやっても音を消してしまうほど分厚い絨毯だったから気がねなく進んだ、そしてルーのドアをそっとノックした。

彼女が近づいてくる音が聞こえた。というか彼女が近づいてくるのを感じたのだが、鍵が鍵穴のなかで廻った。俺は彼女の部屋に滑り込みすばやく艶のある扉を閉めた。

ルーはヴァーガス・ガールから盗んできたみたいなすばらしい白のネグリジェを着ていた。見たところでは、同じようにレースのブラジャーとそれに見合った小さなパンティもネグリジェの下につけていた。

「君がまだ怒ってるのか見にきたんだ」、俺が言った。

「ここにいちゃだめ」、彼女が文句を言った。

「じゃ、どうしてドアを開けたんだ？　誰だと思ったのかな？」

「知らないわよ！　スージーかな、たぶん……」

「スージーは寝てるよ。他の召使いも。そんなことくらいちゃんとわかってるくせに」

「どうしたいの？」

「これだよ」

いきなり彼女をひっつかむとたっぷりキスしてやった。そのあいだ俺の左手が何をしていたのかは知らない。ルーはもがいて、俺は耳のところにその日まで食らったパンチのなかで最高に見事なやつをお見舞いされた。俺は彼女を放した。

「あなたは野蛮人よ」、彼女が言った。

彼女の髪は普通にふわっとまんなかで分けられていて、ほんとうに極上のご馳走だった。でも俺は落ち着いていた。ラムのおかげだった。

「音を立てすぎだよ」、俺が答えた。「きっとジーンに聞こえるぞ」

「私たちの部屋のあいだにはバスルームがあるわ」

「そいつはいい」

俺は性懲りもなくまた同じことを繰り返し彼女のネグリジェを開いた。もう一度殴られる前にうまくパンティをはぎ取った。だが俺は彼女の手首をつかまえ直すと背中の後ろから手をつかんだ。両手は俺の右手の掌のくぼみにたやすく収まっていた。彼女は音も立てずに戦っていたが、怒り狂って膝蹴りを食らわそうとしたものの、俺は左手を腰の後ろに滑り込ませて俺のほうへ彼女を強く引き寄せた。彼女は俺のパジャマ越しに噛みつこうとした。だが俺はくそいまいましい俺のパンツをうまく脱ぐことができなかった。俺は乱暴に彼女を放すとベッドのほうへ突き飛ばした。

「要するに」、俺が言った、「君はひとりで今までなんとか切り抜けてきたんだ。こんなくだらないことで自分を疲れさせるなんてほんとに俺は馬鹿だ」

彼女は今にも泣きそうになっていたが、目は怒りでギラギラしていた。彼女は服を着ようとはしなかったし、目の保養になった。彼女の陰毛はアストラカンのように黒く密生して輝いていた。

俺は踵を返すとドアのほうへ向かった。

「ゆっくりおやすみ」、俺が言った。「君の下着をほんの少し傷めてしまって申し訳なかったね。あえて取り替えてあげるとは言わないけど、勘定書きは送ってくれよな」

これ以上粗野でいることは難しいが、それでも俺にはいろいろ素質がある。彼女は何も答えなかったが、彼女の拳がひきつっているのが見えたし唇を噛んでいた。彼女はいきなり俺にぷいと背を向けたが、この方向から一瞬だけ彼女に見とれてしまった。実際、もったいなかった。俺はおかしな状態で部屋を出た。俺は遠慮もせずに次のドアを開けた、ジーンのドアだ。彼女は鍵をかけていなかった。俺は堂々と浴室のほうへ向かうとニッケルの差し錠を廻した。それからパジャマの上着を取ってパンツを脱いだ。部屋は優しい光に照らされていて、オレンジ色の壁紙がさらに雰囲気を和らげていた。ジーンはすっ裸で低いベッドに腹ばいになり爪の手入れをしていた。彼女はこちらに顔を向けて俺が入ってくるのを見ると、俺がドアに鍵をかけているあいだ俺を目で追っていた。

「あつかましいわね」、彼女が言った。

「そうだな」、俺が答えた。「君だって待ってたんだろ」

彼女は笑うとベッドの上で寝返りをうった。俺は彼女のそばに座って太腿を撫でてやった。彼女は十歳のガキのように淫らだった。彼女は座ると俺の力こぶを触ってたしかめた。

「たくましいわ」

「生まれたばかりの子羊のようにか弱いさ」、俺が断言した。

彼女は俺にからだをこすりつけてキスしたが、すぐに身を引いて唇をぬぐった。

「ルーのところから来たのね。あの子の香水の匂いがするわ」

俺はこのいまいましい習慣のことは思ってもみなかった。ジーンの声は震えていて、俺を見ないように避けた。俺は彼女の両肩をつかんだ。

「君は聞き分けがよくないね」

「あの子の香水の匂いがするわ、わかってるの！」

「あやまらなきゃならなかったんだ」、俺が言った。「今日の午後彼女を怒らせちゃってね」

ルーが部屋のまんなかにほとんど裸のままでまだ突っ立っていると思うと、興奮してきた。ジーンはそれに気づいて赤くなった。

「これじゃ困るかい？」、俺がたずねた。

「そんなことない」、彼女がつぶやいた。「触ってもいい？」

彼女のそばに横になって俺のそばに彼女を寝かせた。彼女の手がこわごわ俺のからだをまさぐった。

「あなたはとても強そう」、彼女が低い声で言った。

俺たちは今度は互いに顔を見合わせて横向きになった。優しく彼女を押して反対向きにすると、それから彼女に近づいた。彼女はほんの少し脚を開くと俺を通した。

「痛くするのね」

「そんなことないよ」、俺が言った。

彼女の乳房の上に指を這わせ、下から乳首まで持ち上げる以外のことは何もやらなかったのに、彼女は俺にからだをくっつけて震えているのがわかった。まるくて熱い尻が俺の股の上にぴったりおさまって、彼女の息が早くなっていた。

「灯りは消してほしい？」、俺がささやいた。

「いいえ」、ジーンが言った。「このままのほうがいい」

左手を彼女のからだの下からはずして右耳の上の髪の毛をどけた。女にキスし、耳に噛みつきながら女をどうできるのか知らない人が多いが、これは優れたやり方だ。ジーンは鰻のようにからだをくねらせた。

「それはしないで」

俺はすぐにやめたが、彼女は俺の手首をつかんですごい力でそれを握りしめた。

「もっとして」

さらに長いこと俺は続けたが、彼女は突然からだをこわばらせ、それからぐったりして頭をがっくりさせるのがわかった。彼女の腹にそって手を滑らせたが、彼女が感じているのがわかった。俺は彼女の首にかすめるくらいのすばやいキスを浴びせた。喉のほうへ進むにつれて彼女の肌が緊張するのがわかった。それからゆっくりと自分の性器を取って彼女のなかに入ったが、あまりにたやすくできたので俺が腰を動かす前に彼女がそれに気づいたのかどうかわからない。これは前戯の問題なのだ。ところが彼女は腰を軽く引いて身を離してしまった。

「嫌なのか」、俺が言った。

「もっと愛撫して。一晩中愛撫して」

「そうするつもりだよ」、俺が言った。

再び彼女をものにした、今度は激しく。だが彼女を満足させる前に身をひいた。

「私を狂わせるつもりなの……」、彼女がささやいた。

それから彼女は転がって腹ばいになり腕で顔を隠した。俺は腰や尻にキスして、それから彼女の上にひざまずいた。

「脚を開いて」、俺が言った。

彼女は何も言わずにゆっくり脚を開いた。俺は股の間に手を滑らせて再び始めようとしたが、場所を間違えてしまった。彼女はあらためて身をこわばらせたが、俺はしつこくやろうとした。

「いやよ」、彼女が言った。

「ひざまずけよ」、俺が言った。

「いや」

すると彼女は腰を弓なりにそらせ両膝がもち上がった。顔は腕のなかに埋めたままだったが、俺はゆっくりと目的を達した。彼女は何も言わなかったが、彼女の腹が上から下へと行ったり来たりし息が早くなるのがわかった。彼女に入れたまま俺は横向きに転がり彼女を引き寄せた、それから彼女の顔を見ようとすると、涙が閉じた目から流れていたが、彼女はそのままでいてと言った。

14

朝の五時に部屋へ戻った。ジーンは俺が彼女を放したときも動かなかったし、ほんとうにへとへとになっていた。俺も少しばかり膝ががくがくしていたが、十時にはベッドから出ることができた。デックスのラムが何とか俺を助けてくれたのだと思う。冷たいシャワーを浴びながら壁にはりついて、ちょっと俺を殴りにきてくれと彼に頼んだ。彼が力いっぱいぽかぽかやってくれたので元気が戻った。ジーンがどんな状態になっているのかを考えた。デックスはデックスで、ラムの飲みすぎだった。二メートル離れていてもものすごい息だった。三リットル牛乳を飲んでゴルフ場を一回りするように彼に勧めた。奴はジーンがテニスコートにいると思っていたが、彼女は起きていなかった。俺は昼食をとりに下に降りた。

ルーがひとりっきりでテーブルに座っていた。小さなプリーツ・スカートとバックスキンの上着の下に明るい絹のブラウスを着ていた。ほんとうのところ、俺はこの娘が欲しかった。だが今朝は俺はわりと落ち着いた気分だった。彼女におはようを言った。

「おはよう」

彼女の口調は冷ややかだった。いや、むしろ悲しげだった。

「怒ってるの？　昨日の晩のことはあやまるよ」

「あなたはどうしようもないのね」、彼女が言った。「生まれつきあんな風なのでしょ」

「いや。あんな風になっちまったんだ」

「あなたの話なんか興味ない」

「俺の話に興味をもつ年頃じゃないもんな……」

「いま言ったことをあとで後悔させてあげるわ、リー」

「どんな風にやるのか見てみたいね」

「その話はやめましょうよ。私と一緒のときは気どらないでくれる?」

「いいとも」、俺が言った。「リラックスが必要だしな」

彼女は思わず微笑んだが、すぐに朝食がすむと、彼女についてテニスコートへ行った。この娘は長いあいだ怒ったままでいることはできなかった。

昼近くまでテニスをやった。もう脚の感覚がなかったし、ジーンが俺の横に、デックスが反対側に来たとき、天気が曇りはじめた。彼らも俺と同じように情けない状態だった。

「よう!」、俺がジーンに言った。「元気そうだな」

「あなた自分の顔を見てないのね」、彼女が答えた。

「ルーのせいだよ」、俺が断言した。

「このデックスちゃんがぼろぼろなのも私のせいなの?」、ルーが文句を言った。

「あなたたちはラムを飲みすぎたのよ、それだけ。おお! デックス! 五メートル離れていてもラム臭いわ!」

「リーは二メートルって言ったぜ」、デクスターが力をこめて抗議した。

「俺、そんなこと言ったか?」

「ルー」、デックスが言った、「一緒にテニスやろうや」

「不公平だわ」、ルーが言った。「ジーンがやるべきよ」

「ありえない!」、ジーンが言った。「リー、昼食の前に散歩に連れてってよ」

「でもここじゃ何時に昼食なんだい?」、デックスが文句を言った。

「時間なんてないわ」、ジーンが言った。

彼女は腕を俺の腕の下に入れてガレージのほうへ俺を引っ張っていった。

「デックスの車にしようか?」、俺が言った。「一番前にあるし、そのほうが簡単だ」

彼女は答えなかった。彼女は俺の腕をとても強く締めつけてできるだけぴったりくっついてきた。俺はどうでもいい話をしようとしていたが彼女はあいかわらず答えなかった。彼女は俺の腕を放して車に乗り込んだが、俺が席に着くとすぐに、運転の邪魔をしない程度にできるだけ近くまでまた間を詰めてきた。バックで車を出して小道を駆け降りた。鉄柵は開いていたので右に曲がった。それがどこに通じているのか俺は知らなかった。

「この町から出るにはどう行けばいい？」、俺はジーンに聞いた。

「どう行ってもいいわ……」、彼女がつぶやいた。

バックミラーに彼女が見えた。彼女は目をつむっていた。

「おいったら」、俺はしつこく言った、「寝すぎだよ、馬鹿になるぜ」

彼女は気が触れたみたいに身を起こすと両手で俺の顔をつかんでキスした。俺は慎重にブレーキをかけた、だいぶ視界がさえぎられたからだ。

「キスして、リー……」

「町を出るまで待ってろ」

「あんな連中、どうでもいいわ。全員に知られたってかまわない」

「でも君の評判は？」

「そんなこと気にしなくていいの。キスして」

キスするなんて、五分ならいいが、四六時中そんなことはできない。彼女と寝てあらゆる方向からもてあそぶのはオーケーだ。でもキスは嫌だ。俺は身を離した。

「おとなしくしてろよ」

「キスして、リー。お願い」

再び俺はアクセルを踏んで最初の道を右に、ついで左に曲がった。俺を放して他のものにしがみつくように彼女を揺さぶってみたが、このパッカードではどうにもならなかった。びくともしなかった。それをいいことに彼女はまた俺の首のまわりに腕を回してきた。

「言っとくけど、こんな田舎じゃ君のこと面白おかしくなんだかんだ言われるぞ」

「もっとなんだかんだ言われたいわ。みんなあとで傷つくことになるんだから……」

「いつって？　あと？」

「私たちが結婚することになるのをみんなが知るときよ」

いまいましい、この娘の先走りときたら！　猫に対するマタタビ効果が効く奴らがいる、それともフォックステリアに死んだヒキガエルだ。一生のあいだずっと奴らはそれにしがみつきたいのだ。

「俺たちが結婚するって？」

彼女は首をかしげて俺の右手にキスした。

「もちろんよ」

「いつ？」

「いま」

「日曜日はだめだ」

「どうして？」、彼女が言った。

「だめだ。馬鹿げてる。君の両親は賛成しない」

「どうでもいいわ」

「俺には金がない」

「二人には十分だわ」

「俺ひとりでかつかつだよ」、俺が言った。

「私の親がくれるわ」

「どうかな。君の親は俺を知らない。君だって俺を知らないし」

彼女は赤くなって俺の肩に顔を隠した。

「そんなことない、私はあなたを知ってるわ」、彼女がつぶやいた。「記憶だけであなたを全部描くことができる」

こいつがどこまでいくか見てみたかったし俺が言った、「そんな風に俺を描くことができる女はたくさんいるよ」

彼女は反応しなかった。

「どうだっていいわ。もういまからは彼女たち描かないもん」

「でも君は俺のこと何も知らないじゃないか」

「あなたのことなど何も知らなかった」

彼女はこれと同じタイトルのデューク・エリントンの歌を口ずさみはじめた。

「君はいまだって知らないさ」、俺は断言した。

「じゃあ、話して」、歌うのをやめて彼女が言った。

「要するに」、俺が言った、「どうすれば君に結婚をやめてもらえるのかわからないな。そうでなけりゃ、いなくなればいい。だけど俺はいなくなったりしたくない」

「ルーとやってしまうまでは」と俺はつけ加えなかったが、言いたかったのはそれだ。ジーンはそれをうのみにした。俺はこの娘を手のくぼみのなかにつかんだ。ルーとの駆け引きを加速させなければならなかった。ジーンは頭を俺の膝の上にのせて座席の空いているところにからだを詰め込んだ。

「話して、お願い、リー」

「よし」、俺が言った。

俺はカリフォルニア近辺に生まれ、父親はスウェーデン出身で、そのために俺の髪の毛は金髪なんだと教えてやった。両親がとても貧しかったので幼年時代は苦しかったし、九歳の頃は不景気のまっただなかで、飯を食うためにギターを弾いていた、それから十四歳のとき俺に関心を持ってくれる人に巡り会うチャンスがあり、一緒にヨーロッパに連れていってくれたので、イギリスとアイルランドに十年ほどいた。

全部でたらめだった。たしかに十年ヨーロッパにいたが、こんな境遇ではなかったし、俺の学んだことはすべて、自分ひとりで俺が召使いとして働いていた家の書斎で仕入れたものだった。俺が黒人だと知って、こいつに俺がどんな扱いをされたのか、奴の恋人たちが会いに来ないとき俺が何をされたのか、特別なお世話と引き換えに、俺の帰りの旅費を払ってもらうために小切手を切らせたあと俺がどんなやり方で奴のもとを去ったのか、彼女には話さなかった。

兄トムについて口からでまかせをたくさん並べたてたし、弟のことも、どんな風に彼が事故で死んだかをでっち上げた、そいつは黒人たちのせいだと思われたし、こういう手合いは陰険で、召使いにふさわしい人種だし、有色人種に近づくと思っただけで彼女を病気にしてしまう。だから両親が売ってしまった家を見つけようと戻ったのに、兄のトムはニューヨークだし、弟は地下六フィートのところにいて、それで俺は仕事を探してトムの友人のおかげで本屋の仕事につけたのだ。そいつはほんとうだったが。

彼女は説教師のような面持ちで俺の話を聞いていたし俺は尾ひれまでつけて喋ってやった。彼女の両親は俺たちの結婚を受け入れないと思うと彼女に言ってやった、だって彼女は二十歳にもなっていなかったから。ちょうど二十歳になったばかりだったら、両親なんか無視することができた。だが俺の稼ぎはわずかだった。俺が自分自身で汗水たらして稼いでいるほうが彼女はいいだろう、それならまあ両親も俺のことをきっと好きになってくれるだろうし、ハイチか彼らの農場のうちのどこかにもっと実入りのいい仕事を見つけてくれるだろう。そのあいだ俺は自分がどこへ向かっているのかを知ろうとしていたが、前にデックスと一緒に到着した道にとうとうぶち当たってしまった。さしあたって俺は仕事を続けるし、来週になったら俺に会いにくればいい。南部へとんずらして誰にも邪魔されないどこかの場所で数日過ごせるようにうまくやろう、それから結婚して戻ろう、それで一丁上がりさ。

これをルーに言うのかと彼女に聞いた。彼女はそうだと答えたが、俺たちが一緒にやったことは言わないらしい、するとその話をしていると、また彼女は興奮してきた。到着していてよかった。

15

俺たちはいささか投げやりに午後を過ごした。前日より天気がよくなかった。本物の秋の時節になったのだ。それに俺はジーンとルーの友だちたちとブリッジをやらないように気をつけた。デックスの忠告を忘れてはいなかった。なんとかかき集めることのできた数百ドルをどぶに捨ててしまうときではなかった。実際、奴らは五、六百ドル儲けたり損したりすることなど気にもとめていなかった。奴らは暇つぶしをやっていた。

ジーンは何かにつけて俺を見るのをやめないので、顔を突き合わせたときを見つけて、彼女に注意するように言った。ルーとまたしてもダンスをしたが、彼女は警戒していた。面白い話題について会話を始めることもできなかった。夜の疲れもとれたし、彼女の胸を見るたびにまた興奮しはじめていた。それでも、彼女はダンスしながらちょっと撫でられるくらいは我慢していた。前日のように、わりと早い時間に友人たちが引き上げると、俺たちはまた四人だけになった。ジーンはもう立っていられなかったが、まだやる気まんまんで、俺は待つように彼女を説得するのにずいぶん苦労した。幸い、疲れが効いてきた。デックスはラムを飲み続けていた。俺たちは十時頃に上へあがったが、ほとんどすぐに俺は本を取りに下へ降りた。ジーンとまたおっぱじめる気はなかったがすぐに眠ってしまうにはまだ眠たくなかった。

それから再び部屋へ戻ると、なんとルーがベッドの上に座っていた。彼女は前日と同じネグリジェを着ていたがパンティは新しかった。俺は彼女に触らなかった。俺はドアと浴室の鍵を閉めて彼女などいないかのように横になった。俺がぼろ服を脱いでいるあいだ、彼女の息が早くなるのが聞こえた。ベッドにつくと、俺は決心して彼女に話しかけた。

「眠くないのか、今夜は、ルー？　何かしてあげられることあるかな？」

「こうしていれば、今夜はジーンのところへ行かないでしょ」、彼女が答えた。

「昨晩はどうして俺がジーンの部屋にいたと思うんだい？」

「あなたたちの音が聞こえたもん」、彼女が言った。

「へえ、そうかい……音を立てないようにしたんだけどな」、俺がからかった。

「どうしてあのドア二つとも閉めたの？」

「いつもドアを閉めて眠るんだ」、俺が言った。「目を覚ましたとき横に誰かいるのは嫌だからな」

彼女はつま先から頭のてっぺんまで香水をふりかけていたにちがいなかった。数キロ離れていても匂っただろうし化粧は完璧だった。昨夜と同じように髪の毛を二つに分けて整えていたし、実際、手を伸ばしさえすれば熟れたオレンジのように彼女を摘み取ることができたが、少しばかり彼女にまだ仕返ししてやらなければならなかった。

「あなたはジーンの部屋にいたわ」、彼女が言い切った。

「どっちにしても、君は俺を追い出した」、俺が言った。「覚えているのはそれだけだ」

「あなたのやり方は好きじゃない」、彼女が言った。

「あの晩はとくに礼儀正しかったと思うよ」、俺が言った。「君の前で服を脱がざるをえなかったことはあやまる、でもどのみち君は見てなかったと思うけどな」

「ジーンに何をしたの？」、彼女が食い下がった。

「いいかい」、俺が言った。「君を驚かすことになるけど、他にどうしようもない。君が知ってたほうがいいし。このあいだ彼女にキスしてからずっとつきまとわれてるんだ」

「いつ？」

「ジッキーの家で介抱したとき」

「知ってる」

「ほとんど無理やりだったんだ。俺も少し飲んでたのは知ってるよな」

「ほんとうに姉さんとキスしたの？……」

「えっ？」

「私にしたみたいに……」、彼女がつぶやいた。

「いや」、俺はただそれだけを言ったが、率直な口調だったしそれには我ながら満足した。「君の姉さんはしつこいんだ、ルー。俺が欲しいのは君だし、ジーンとキスしたのは、言ってみれば……母親とキスしたみたいなもんだったけど、彼女がおかしくなっちまった。どうやったら彼女を捨てられるのかわからないが、このままじゃうまくいきそうにない。彼女はきっと俺たちは結婚するって君に言うよ。今朝、デックスの車のなかで、彼女はそんな気持ちにとりつかれたんだ。彼女はかわいいけど、俺は彼女が欲しくない。ちょっぴりいかれてると思うし」

「私より前に彼女にキスしたのね」

「キスしたのは彼女のほうだ。暗い気分のときにかまってくれる人がいれば感謝するだろ」

「彼女にキスしたこと後悔してる?」

「いや」、俺が言った。「残念だったことがひとつだけあるけど、それは彼女の代わりにあの晩君が酔っ払ってなかったことだよ」

「いま私にキスしてもいいのよ」、彼女が言った。

彼女は動かず前を見ていたが、こんなことを言うのは彼女にとって大変だったにちがいなかった。

「君にはキスできない」、俺が言った。「ジーンが相手だと、どうってことなかった。君が相手だと、俺がまいっちまう。君に触れるつもりはない……の前には」

俺は言葉を濁し曖昧な落胆のうめき声をあげるとベッドの反対側を向いた。

「何の前よ?」、ルーが聞いた。

彼女は軽やかにからだを回転させて俺の腕に手を置いた。

「馬鹿げてる」、俺が言った。「不可能だし……」

「言って」

「つまり……俺たちが結婚する前はってことだよ、ルー、君と俺が。でも君は若すぎるし、ジーンを捨てることができそうにない、それに絶対彼女は俺たちをほっといてくれないよ」

「まじめにそんなこと思ってるの?」

「何を？」

「私と結婚するって？」

「不可能なことをまじめに考えることはできないな」、俺が言い切った。「だけど、欲しいって気持ちに関して言うなら、俺はまじめに君が欲しいんだ」

彼女はベッドから立ち上がった。俺は反対側を向いたままだった。彼女は何も言わなかった。俺も黙っていたが彼女がベッドに横たわるのがわかった。

「リー」、しばらくして彼女が言った。

自分の心臓の鼓動が速くなるのを感じてベッドが少し反響するのがわかったほどだった。彼女はネグリジェとそれ以外を脱ぐと、あお向けに寝て目を閉じていた。ハワード・ヒューズならこの娘の胸のためだけに映画を一ダースはつくっただろうと思った。俺は彼女に触れなかった。

「君とはやりたくない」、俺が言った。「ジーンとのことに嫌気がさしてる。俺と知り合いになる前は君たちは二人ともうまくいっていた。いずれにしても俺は君たちの仲を裂きたくないんだ」

俺の反応を信じるなら、病気になるほど彼女にキスしたいのとは別の気持ちだったのかどうか自分でもわからない。だが俺はもちこたえた。

「ジーンはあなたに恋してるわ」、ルーが言った。「ばればれよ」

「俺にはどうしようもない」

彼女は草のように滑らかで細かったし、香水店のような香りがしていた。俺は座ると彼女の脚の上に身をかしげ、それから太腿の内側の、女の肌が鳥の羽のように滑らかになっている場所にキスした。彼女は脚を締めたがほとんどすぐに開いたので、もう少し上のほうにまたキスした。輝いてカールした彼女のうぶ毛が俺の頬を撫でたので、ゆっくりと俺は彼女を軽くなめはじめた。彼女の性器は焼けるように熱く湿っていて、舌の下で揺るぎなかったし、俺は噛みつきたかったのだが、身を起こした。彼女は飛び起きて座ると、俺の頭をつかんで元の場所に戻そうとした。俺は半分だけ身を離した。

「嫌なんだ」、俺が言った。「ジーンとのことが片づかないと嫌だ。二人と結婚するなんてごめんだよ」

俺は彼女の乳首を噛んだ。彼女はずっと俺の頭を抱えたままだったし目を閉じたままだった。

「ジーンは俺と結婚したがってる」、俺が続けた。「どうしてだろう? 俺にもわからない。でももし俺が拒否したら、彼女は俺たちが会うのを邪魔しようときっといろいろやってくる」

彼女は黙ったまま俺の愛撫を受けてからだを弓なりにそらせた。俺の右手は彼女の股に沿って行ったり来たりしていたが、正確な場所を愛撫するたびに彼女はからだを開いた。

「解決策はひとつしかない」、俺が言った。「俺がジーンと結婚して、君も一緒に来るんだ、そして俺たちが会う方法を見つけるんだ」

「嫌よ」、彼女がつぶやいた。

彼女の声の響きがいろいろ変わったのでほとんど楽器のように演奏できたはずだ。新たに触るたびに彼女は抑揚を変えていた。

「こんなことジーンにしちゃいや……」

「無理にジーンなんかとしないさ」、俺が言った。

「おお！　私にして」、ルーが言った。「すぐにして！」

彼女はさかんに動いていたが、俺の手が上へあがっていくたびに、彼女はからだを前に突き出した。両脚のほうへ顔を滑り込ませ、反対側にからだの向きを変えて背中を俺のほうへ引き寄せると、彼女の脚を持ち上げて、股のあいだに顔を押し込んだ。俺は彼女の性器を唇でつまんだ。彼女はいきなりからだをこわばらせ、ほとんどすぐに力を抜いた。俺は少しだけしゃぶって身を引いた。彼女はうつ伏せになった。

「ルー」、俺がささやいた。「君とはセックスしない。俺たちが安心できるまで君とはやらない。ジーンと結婚して、二人でなんとか切り抜けるんだ。手助けしてくれるよな」

彼女は再び一気にあお向けになると、狂ったように俺にキスした。彼女の歯が俺の歯に当たって嫌な音を立てたが、そのあいだ俺は彼女の腰を撫でていた。それから胴をつかんで立たせた。

「部屋に戻ってお休み」、俺は彼女に言った。「お互いつまらないことを言っちゃったな。帰っておとなしく寝て」

今度は俺が起き上がって彼女の目の上にキスした。幸いなことに俺はパジャマの下にパンツをはいたままだったので威厳を保てた。

彼女にブラジャーとパンティをはかせてやった。シーツで股を拭いてやると、最後に透けすけのネグリジェを着せてやった。彼女は何も言わずにされるがままになっていたし、彼女は俺の腕のなかでぐにゃぐにゃして温かった。

「おねんねだ、妹ちゃん」、俺は彼女に言った。「明日の朝、俺は発つよ。朝食のときいてくれよな、顔を見たいから」

それから彼女を外に押し出して、ドアを閉めた。間違いなく二人の娘をつかまえたのだ。心のなかはうれしい気分だったし、弟だって地下二メートルのところで寝返りをうっていた、それで俺は弟に手を差し出したのだ。自分の兄弟と握手するなんて、なかなかのものだ。

16

数日してトムから手紙を受け取った。自分の問題についてはたいしたことは言ってなかった。俺の理解したところでは、どうやらハーレムの学校で華々しいとはいえない何かの職を見つけたらしく、おまけに俺の参考になるように聖書を引用していた、これらのお話に俺がうといと思ったからだろう。そいつは『ヨブ記』の一節からなっていて「我はわが肉を食らい、わが魂を手につかむ」とあった。トムによると、その男は最後の切り札を切ったか、一か八かの危険を冒したという意味になるのだと思うが、こんな簡単な料理をつくるのにずいぶんややこしいやり方だなと思う。つまりこの観点からすればトムは変わっていないのだということがわかった。だがそれでも彼はいい奴なのだ。俺は自分にとってすべてがうまくいっているという返事を出し、五十ドル札を一枚同封した、だってあいつはろくに飯も食っていないはずだから。

それ以外に新しいことは何もなかった。本、ずっと本だ。本店の手を経ていないクリスマスのアルバムやカードを受けとった、自分の儲けのために何かと探りを入れてくる奴らがいるのだが、俺の契約ではこの類いのむだ事を禁じていたし、俺はそんな危険を冒したりしなかった。ときには、これとは別の種類の連中を入口で追い払ったりした、こいつらはエロ本売りだが、俺はけっして手荒な真似はしなかった。これらの若造はしばしば黒人か白人と黒人の混血だったが、この種の坊やたちにとってそいつが見栄えが悪いことくらい俺は知っている。たいてい俺は一つか二つ何か買ってやり、グループの奴らにくれてやった。とくにジュディはこういうのが好きだった。

彼らはあいかわらずドラッグストアーに集まって、俺に会いに来たりしていたが、俺は俺で、ときどき、まあ二日に一回は女の子たちと寝たりしていた。たちが悪いというより馬鹿な子たちだった。ジュディをのぞいて。

ジーンとルーは週末より前に二人ともバックトンに立ち寄っているはずだった。別々に二つデートの約束をした。ジーンから電話があったが、ルーは来なかった。ジーンが次のウィークエンドに招待してくれたが、行けないと返事した。駒のようにこの娘の言いなりになるつもりはなかった。彼女は調子がよくなくて俺に来てほしかったのだろうが、仕事がたまっていると言ったら、月曜の五時頃に行くと言ってきた、お喋りする時間くらいあるでしょうというわけだ。

月曜まで特にこれといったことは何もやらなかったが、土曜の夜ストークのギタリストの代役をやったら、十五ドル入ったし飲み代もただだった。この店にしては払いは悪くなかった。家では読書をするかギターの練習をしていた。タップダンスはいささか怠けていたが、そんなことをしなくてもグループの奴らをたらし込むのはあまりにも簡単だった。アスキースの二人の娘を片づけたら、また始めればいいのだ。弟の小さなピストル用の弾を手に入れて、それからいろんな薬を買った。車を点検のために修理工場にもっていき、具合の悪いところを修理してもらった。

そのあいだデックスからは音沙汰がなかった。土曜の朝に会いにいってみたが、彼は週末を過ごしに出発したところだったし、どこへ行ったのかわからなかった。すでにアンナのばばあのところへ戻って十歳のガキたちと寝ているのだろうと思う、グループの他の連中も一週間ずっと彼がどこへ行ったのか知らなかったからだ。

それから月曜に、四時二十分にジーンの車が店の前に止まった。彼女は他人が何を考えていようとぜんぜん気にしていないのだ。彼女は車を降りて店に入ってきた。誰もいなかった。彼女は俺に近づくととっておきのキスをしてきたので、座るように言ってやった。俺はシャッターをわざと下ろさなかったが、約束より早く来るなどという考えには同意していないことをわからせるためだった。彼女は化粧をしているのにひどい顔色をしていて、目の下が黒かった。いつものように着るために手に入る一番高価なものを身に着けていたし、帽子も安物の店で買えるようなものではなかった。もっとも、そのせいで老けて見えた。

「いい旅だった?」、俺が聞いた。

「すぐ近くだわ」、彼女が答えた。「もっと遠いと思ってた」

「約束より早いな」、俺は言ってやった。

彼女は宝石をちりばめた時計を見た。

「そうでもないじゃない！……五時二十五分前よ」

「四時二十九分だ」、俺が文句を言った。「時計を進めすぎだよ」

「困るの？」

甘えた様子をしたので、神経にさわった。

「もちろん。こっちは遊んでばかりいられないからな」

「リー」、彼女がささやいた、「優しくして！……」

「仕事が終わったら優しくするさ」

「優しくして、リー」、彼女が繰り返した、「私、あれなの……私……」

彼女はそこでやめた。俺にはわかったが、彼女の口から言わせなくてはならなかった。

「どうした？」

「子供ができたの、リー」

「君は」、指でおどしながら俺が言った、「男とお行儀よくしなかったな」

彼女は笑ったが、顔はひきつって緊張したままだった。

「リー、できるだけ早く結婚してくれなきゃ、そうでないとすごいスキャンダルになるわ」

「とんでもない」、俺が請け合った。「毎日あることだよ」

俺はわざと快活な調子で言った。すべてを片づける前にとにかく彼女を逃してはならなかった。こういう状態になると、女は往々にして神経質になる。俺は彼女に近づき肩を撫でた。

「動かないで」、俺が言った、「いまから店を閉める、そうすりゃずっと落ち着くよ」

ガキがいるのならきっと彼女を片づけるのはもっと簡単だろう。いまや彼女には自殺する立派な理由があった。俺は扉のほうへ行くと、シャッターを閉めるためのスイッチを押した。シャッターはゆっくり下りてきた、油のなかで回転する尖った歯車のカチャカチャいう音がするだけだった。

俺が振り向くと、ジーンは帽子を脱いで、軽く髪の毛を叩くと髪をしなやかにするように形を直していた。こんな感じのほうがよかった、ほんとうにきれいな娘だ。

「私たち、いつ発つの?」、突然彼女がたずねた。「できるだけ早く私を連れてってくれなきゃ、いますぐにでも」

「今週末には行けるよ」、俺が答えた。「用事は片づいてるけど、向こうで新しい仕事を見つけないとな」

「お金は私が持っていく」

食わしてもらうつもりはもちろんなかった、たとえ殺してやろうと思っている女でもだ。

「そんなことは俺には関係ないよ」、俺が言った。「君の金を使うなんて問題外だ。そのことははっきり承知しといてほしい」

彼女は答えなかった。彼女は何か言い出せないことがあるみたいに椅子の上でもじもじしていた。

「ほら」、彼女を励まして俺が続けた。「言いたいことを言ってしまえよ。俺に黙って何かやったのか？」

「向こうに手紙を書いたの」、彼女が言った、「広告で住所を見たの、人気のない場所で、孤独を愛する人や静かにハネムーンを過ごしたい恋人向けなんだって」

「もし静かにしていたい恋人たちがみんな向こうで逢引したら」、俺がぶつくさ言った、「それこそ大混雑になるじゃないか！……」

彼女は笑った。ほっとしたように見えた。自分のために物事を隠しておけるような娘ではなかった。

「返事が来たの」、彼女が言った。「夜を過ごすための一戸建てがあるんだって、食事はホテルでとるの」

「一番いいのは」、俺が言った、「君が最初に行って、あとで俺が合流することだ。俺にはなんだかんだ全部を終えておく時間がいるからな」

「私はあなたと一緒に行くほうがいい」

「無理だよ。警戒されないようにまず家に帰って、最後の最後になってから荷造りしたらいい。たいしたものは持っていかなくていい。君がどこに行くか手紙は残したりするな。君の両親が知る必要はない」

「あなたはいつ来るの？」

「次の月曜。日曜の夜に出発する」

日曜の夜であれば俺の出発を人に気づかれる気遣いはない。だがルーが残っている。

「当然」、俺が言い足した、「妹にこのことは言っちまったんだろうな」

「まだよ」

「きっと気づいてるさ。とにかく彼女には言っといたほうがいい。親との仲介役にもなってくれる。君たちは仲がいいじゃないか」

「そうね」

「それじゃあ」、俺が彼女に言った、「君が発つ日だけを言って、住所を残しておくんだ、だけど君が出発したあとにそれに気づくようにしろ」

「どうやったらいいの？」

「それを封筒に入れて、家から二、三百マイルのところへ来たらポストに投函するんだ。それを引き出しに残していってもいいし。方法はいろいろあるよ」

「そんなややっこしいのは嫌よ。おお！　リー！　二人だけになりたいからってみんなに言って、二人一緒にただ出発するだけじゃだめなの？」

「無理だよ」、俺が言った。「そりゃ君はいいさ。こっちは金がない」

「そんなのかまわない」

「鏡で自分を見てみろよ」、俺が言った。「君がかまわないのは金があるからだ」

「ルーには言えないわ。まだ十五歳なのよ」

「彼女を産着を着た赤ちゃんだとでも思ってるのか？　姉妹のいる家庭では、一番下の妹は一番上の姉と同時に物事を知るんだってことを知っとくべきだよ。もし君に十歳の妹がいるとしても、ルーに負けないくらいなんでも知ってるさ」

「でもルーはまだほんの子供よ」

「そうだろうとも。彼女の服の着方を見りゃわかる。香水をぷんぷんさせているのも世間知らずのあかしだ。ルーには前もって知らせておかなくちゃいけない。何べんも言うけど、君と両親のあいだの仲介をしてもらうために誰かが必要なんだ」

「私は誰にも知られたくない」

俺は思いつく限りの悪意をもってせせら笑ってやった。

「君はそれほど自分が手に入れた男のことが恥ずかしいのか？」

彼女の口が震えはじめたのでもう泣き出すと思った。彼女は立ち上がった。

「どうして意地悪ばかり言うの？　私を苦しめるのがそんなにうれしいの？　私が言いたくないのは、怖いからよ……」

「何が怖いんだ？」

「結婚する前にあなたに捨てられるのが怖いのよ」

俺は肩をすくめた。

「俺が君を捨てたいと思っていても、結婚してればそうならないと思ってるのか？」

「子供がいれば、そうだわ」

「子供がいれば、離婚はできない、それはそうだ。でもそうしたければ、子供がいても君を捨てるさ……」

今度こそ彼女は泣き出した。彼女は再び椅子にへたり込むと、少しうなだれて涙が丸いほっぺたを伝った。少しばかり急ぎすぎたとわかったので、彼女に近づいた。彼女の首に手をやってうなじを撫でた。

「おお、リー！」、彼女が言った。「まさかそんなのだとは思ってなかったわ。私を完全に自分のものにして幸せだと思ってたのに」

俺が何かまぬけなことを答えたら、彼女は吐きはじめた。タオルはおろか何ももっていなかったので、店の奥に駆け込んで家政婦が店の掃除に使っている雑巾を持ってきた。具合が悪いのは子供のせいだと思う。しゃくり上げるのをやめたとき、彼女のハンカチで顔をふいてやった。彼女の目はまるで洗ったあとのように涙で光って、息づかいも荒かった。靴も汚れていたので紙の切れっぱしでふいてやった。臭いにへきえきしたが、かがみ込んでキスしてやった。彼女はわけのわからないことをつぶやきながら俺を激しく抱きよせた。こんな娘といるなんて、俺はついてなかった。飲みすぎかセックスのしすぎで、いつも具合が悪い。「早く行けよ」、俺は彼女に言った。「家に帰りな。からだを治して、それから木曜の夜に荷物をまとめて逃げるんだ。次の月曜には俺も行く。結婚許可書は俺が引き受けた」

とたんに彼女は元気を取り戻し、信じられないといった様子で微笑んだ。

「リー……ほんと?」

「もちろん」

「おお! リー、大好きよ……そうよね、私たち幸せになるのよね」

ほんとうに彼女は恨みを抱いたりしなかった。若い女の子たちはこんなに協調的ではない、普通は。俺は彼女を立たせ、ドレス越しに乳房を愛撫してやった。彼女はからだをこわばらせてのけぞった。もっと続けてほしがった。俺のほうは部屋の空気を入れ換えたかったが、彼女は俺にしがみついて、片手で俺のボタンをはずした。俺はドレスをめくると、店の客が本を置いてぱらぱらやっている長いテーブルの上で彼女とやった。彼女は目を閉じて死んだみたいだった。彼女のからだがゆるんだのがわかったので、俺はさらに彼女がうめき声をあげるまで続け、それから彼女のドレスの上に全部ぶちまけた、すると彼女は手で口を押さえながら立ち上がってまた吐いた。

それからもう一度彼女を立たせると、彼女のコートの前を閉めてやった。奥のドアを通って車までほとんど抱えるようにして彼女を連れていき、ハンドルの前につかせた。彼女は気絶しているように見えたが、またしても力を盛り返すと俺の下唇を血が出るまで嚙んだ。俺は身じろぎせずに彼女が去っていくのを見ていた。車が道を知っていたし、彼女にとって幸いだと思う。

それから家に帰って、風呂に入った、臭かったからだ。

17

そのときまでは、この二人の娘を叩きのめすという考えがあらゆる複雑な事態に俺を引きずり込もうとしていることを考えてはいなかった。そのとき、計画を捨て、全部やめにして、のんびり本でも売っていようかという願望が戻った。だが弟のために、ついでトムのために、俺自身のためにも、それをやらねばならなかった。ほとんど俺のケースのように、自分の血を忘れてどんな状況にあっても白人の側につき、そういう場合になると平気で黒人を殴りつける奴らがいるのは知っている。こんな奴らなんか喜んで殺してやってもいいが、物事は段階的にやらねばならなかった。まずはアスキース姉妹。他の奴らを殺す機会はいくらでもあるだろう。俺が会っているガキども、ジュディとジッキーとビルとベッティ、だが面白さに欠けた。あまりにも白人の代表じゃない。アスキース姉妹はほんの小手調べだ。次には、なんとかしてどこかの大物をうまくバラしてやろうと思っている。上院議員ひとりとかではないが、何かその手のものがいい。気持ちが落ち着くにはそんなもんじゃ足りなかった。だがあの二匹の雌が死んだら、まずは逃げる方法を考えておかねばならなかった。

一番いいのは自動車事故にカムフラージュすることだろう。何をしに彼女たちが国境の近くにやって来たのか人はいぶかるだろうが、検死のあとジーンが妊娠しているのがわかれば、疑問に思うのをやめるだろう。ルーはただ単に姉と一緒に来ただけだろう。俺はといえば、まったく何の関係もない。ただし、ひとたび落ち着いてほとぼりがさめたら両親に言ってやろう。両親は娘たちがひとりの黒人にやられたことを知るだろう。そのときは、しばらく俺は雲隠れしたほうがいいだろう、そのあとまた再開すればいい。馬鹿げた計画だが、一番馬鹿げたやつが一番うまくいくのだ。俺たちが到着して八日もすればルーがやって来る確信が俺にはあった。俺はこの娘を手中におさめていた。姉さんと外出。運転するのはジーン、ハンドルを握っているときに吐き気がする。これ以上自然なことがあるだろうか？　俺には飛び降りる時間があるだろうし、俺たちが行く近くにはこのゲームにうってつけの土地がいつだって見つかるだろう……。ルーは姉さんと一緒に前に乗り、俺は後ろだ。ルーが最初、そしてジーンがそれを見てハンドルを離せば、仕事は完了だ。

ただ車の小細工では、そんなもん半分しか楽しくなかった。まず古臭い。次に、とりわけ、あまりにも早く片づきすぎだろう。奴らになぜなのかを言う時間が必要だったし、彼女たちが自分が俺の手中にはまっていることがわかり、これから自分たちがどういう目にあうのかに気づかなければならなかった。

車……だが後でだ。最後に車を使う。こうやればいいんだと思う。まず、彼女たちを静かな場所へ連れていく。そしてそこで殺っちまう。理由は言う。彼女たちを車に詰め込んで、事故を装う。これほど単純で満足のいくものがあるだろうか。だろ？　そんなにもか？

俺はまだしばらくのあいだこういったこと全部を考えていた。いらいらしてきた。それから俺はこれらのアイデアを全部ほうり投げ、俺が考えているようにはいかないだろうと思ったのだが、弟のことを思い出した。そしてルーとの最後の会話も思い出した。この娘にしてやることを考えはじめていたが、それがはっきりしてきた。そうだ、これなら危険を冒すだけの価値はあった。できれば、車を使う。だめなら、仕方ない。国境は遠くなかったし、メキシコに死刑はない。その頃はずっと漠然ともうひとつ別の計画が頭のなかにあったのだが、そのときにはじめて形になっていったし、実際、その計画に見合ったことを実行したばかりだった。

これらの数日間俺はバーボンをかなり飲んでいた。頭はしっかり働いていた。ピストルの弾以外にもいろんな物を手に入れた。シャベルとつるはしとロープを買った。俺の最後のアイデアがうまくいくかどうかまだわからなかった。もしそうであれば、どのみち弾は必要だった。さもなければ、他のものが役に立つかもしれなかった。それにシャベルとつるはしは、頭をかすめたもうひとつ別のアイデアのための安全弁だった。何かをやらかす人間は、最初から完璧に決められた計画を固定してしまうと間違いを犯すと思う。俺の意見では、いくらかは偶然にまかせるほうが好ましい。だが、好機が到来するあかつきには、必要なものは全部手にしていなければならない。きちんとしたものを何も用意しておかないのは間違っているのかどうかわからなかったが、自動車と事故のことをもう一度考えてみると、前ほどうれしい気分にはなれなかった。重要な要因を考慮に入れていなかった、時間のことだ。時間はたっぷりあるのだが、この問題に集中するのを避けていた。俺たちがどこへ行くのか誰も知らないし、俺たちの最後の会話が望ましい効果を彼女にもたらしたのなら、ルーはそのことを誰にも言わないだろうと思う。そいつは到着すればすぐにわかることだった。

それから最後のときになって、出発の一時間くらい前に一種の恐怖に襲われたのだが、着いてみてルーを見つけられるのか不安になってきた。俺が過ごした最悪の瞬間だった。自分の机を前にしたまま飲んでいた。何杯飲んだのかわからないが、リカルドのバーボンが水に変わったみたいに頭は醒めていたし、石油缶がキッチンで爆発したときにトムの顔を見たのと同じくらいはっきり何をすべきなのかが俺にはわかった。俺はドラッグストアーに降りて、電話ボックスに閉じこもった。市街電話の番号を回してプリックスヴィルを呼んでもらった。すぐに電話はつながった。家政婦が出てルーはすぐ来ると答えた、すると五秒後に彼女は電話口にいた。

「もしもし」、彼女が言った。

「リー・アンダーソンだ。元気か？」

「どうしたの？」

「ジーンは出発しただろ？」

「ええ」

「どこに行ったか知ってる？」

「ええ」

「彼女が言ったのか？」

彼女がせせら笑っているのが聞こえた。

「新聞の広告に印をつけてるんだもの」

この娘は抜け目がなかった。はじめから全部気づいていたにちがいない。

「君を迎えに行くよ」、俺が言った。

「姉さんを追いかけないの？」

「追いかけるさ。君と一緒に」

「嫌よ」

「行くことになるのは自分でもちゃんとわかってるだろ」

彼女が何も答えなかったので俺が続けた。

「君を連れていくってこれほど自然なことはないよ」

「じゃ、どうして彼女を追いかけるのよ？」

「彼女に言わなくちゃならないことがある……」

「何を言うことがあるのよ？」

今度は俺が笑った。

「道中それを君に思い出させてやるよ。荷造りしてから、おいで」

「どこで待ってればいいの？」

「今から出る。ここからだと二時間くらいかな」

「あなたの車で来るの？」

「ああ。部屋で待ってろ。三回クラクション鳴らすから」

「考えとく」

「じゃああとで」

　俺は返事を待たずに電話を切った。そしてハンカチを取り出して額の汗をぬぐった。電話ボックスから出た。金を払って部屋に上がった。荷物はすでに車のなかにあったし金は持っていた。俺は本店に手紙を書いて、兄が病気なので至急行かなくてはならない旨を説明した。トムはそれを許してくれるだろう。本屋の仕事をどうするつもりなのか自分でもわからなかった。俺はそれほどうんざりしていなかった。何もおじゃんにはしていなかった。いままでどうにかこうにか困難もなしに生きてきたし、ためらいもけっしてなかったが、今度のことは俺を激昂させはじめていたし、いつもよりまるくおさまりそうになかった。すでに向こうにいてすべてを片づけていたらよかったのにと思ったし、他のことに関わっていたかった。やりかけの仕事を持っているのが嫌だし、今回のこれも同じことだった。何も忘れていないかまわりを見回して、帽子を取った。それから外に出てドアを閉めた。鍵はそのまま持っていることにした。ワン・ブロック向こうでナッシュが俺を待っていた。エンジンをかけて出発した。町を出るとすぐにアクセルを最後まで踏みっぱなしにし、車がすっ飛ばすにまかせた。

18

この道はひどくまっ暗だったが、幸いなことに混んではいなかった。とくに反対方向に、重い積荷のやつがいるだけだった。南部のほうへ下っていく者なんかほとんど誰もいなかった。俺はできるだけの運転をやった。エンジンはトラクターみたいにうなりを発し、温度計は百九十を指していたが、それでも出力を高めたのに、何とかもちこたえていた。

まさに俺は神経を鎮めたかったのだ。こんな風に一時間も轟音を立てたら、気分がよくなっていたので、少し速度をゆるめると再び車体が軋む音が聞こえた。

夜は湿り気があって寒かった。冬の気配を感じはじめていたが、コートは鞄のなかだった。何と！　こんなに寒く感じないことはなかった。道路標識に注意していたが、道はわかりやすかった。ときおりガソリン・スタンドや掘建て小屋が三つ、四つあったが、また道路だった。野生の動物がいたり果樹園や畑があったり、それとも何もないかだ。

百マイルに二時間かけたつもりだった。実際には、バックトンから出るのに費やした時間と、着いたとき公園のまわりをぐるぐる回るのに失った時間を考慮に入れなくても、百八か百九マイルはある。一時間半かそこらでルーの家の前にいた。ナッシュにできるかぎりの無理をやらせたのだ。ルーは準備しているはずだと思っていた、だから車を徐行させて門を越えるとできるだけ家に近づき、クラクションを三回鳴らした。最初は何の物音もしなかった。俺のいるところから窓は見えなかったが、あえて車からは降りなかったし、誰かを起こしてしまう恐れがあるので、またクラクションを鳴らすのも嫌だった。

俺はそこでじっと待っていたが、神経を鎮めようと煙草に火をつけたとき手が震えているのがわかった。二分後に煙草を投げ捨てたが、長いことためらってからもう一度三回のクラクションを鳴らした。それからとにかく車から降りようとしたとき、彼女が来るのがわかった、そして振り返ると彼女が車に近づいてくるのが見えた。

彼女は明るい色のコートを着て、帽子はなし、今にもはちきれそうな栗色の革の大きなバッグを手にしていたが、他の鞄は持っていなかった。彼女は車に乗り込むと何も言わずに俺の隣りに座った。俺は彼女の上に身をかがめながらドアを閉めたが、キスするつもりはなかった。彼女は金庫の扉のように自分を閉ざしていた。

俺は車を発進し、ターンして元の道路に戻った。彼女はまっすぐ目の前の道を見つめていた。俺は横目で彼女を見たが、町から出れば機嫌がよくなるだろうと思った。俺が出したのはせいぜい百マイルだ。南部が近づいている感じがしはじめていた。大気はより乾き、夜は明るくなりかけていた。だがまだ五、六百マイルは一気に行ってしまわなければならなかった。

何も言わずにルーの横に座っていることができなくなっていた。彼女の香水が車に充満していた。とにかくそいつが俺をひどく興奮させていた、だって引き裂かれたパンティをつけ、猫の目をして、部屋のなかに突っ立った彼女の姿が目に浮かんだからだ、それで俺は彼女が気づくくらいにわざとため息をついた。彼女は目を覚まし、いってみれば再び生き生きとしてきたように見えたので、俺はもっと打ち解けた雰囲気をつくろうとした、いくらなんでも気づまりなままだったからだ。

「寒くない?」

「いいえ」、彼女が言った。

彼女は身震いした、そしてなおさら不機嫌になった。彼女はいわば嫉妬の芝居をやっているのだと思ったが、俺は運転しなければならないし、もし彼女に悪気があるのなら、言葉をかけるだけでは俺にはすぐにはどうにもできなかった。俺はハンドルから片手を離し、片方の手で右のボックスを探ってウィスキーの瓶を取り出し、そいつを彼女の膝の上に置いた。ボックスのなかにはさらにベークライトのグラスがあった。それを取って瓶の横に置き、それからボックスを閉めてラジオのスイッチを回した。もっと早く思いつくべきだったが、結局のところ俺だっていたたまれない気持ちだったのだ。

まだ何もかもやることが残っているという考えがこんな風に俺を苦しめていた。幸い彼女は瓶を取ると、栓を抜いた、それからグラスに自分でつぐと一気に飲み干した。俺は手を差し出した。彼女はあらためてグラスをいっぱいにすると二杯目を自分で空にした。やっとこのときになって彼女は一杯俺についでくれた。自分が何を飲んでいるのかわからなかったし、グラスを彼女に渡した。彼女は全部をボックスに戻して、座席の上でいくらかリラックスしてコートのボタンを二つはずした。彼女は折り襟の長いかなり短いスーツを着ていた。同じように上着のボタンもはずした。下にはレモン色のセーターを肌にじかに着ていたが、俺は自分の安全のためにわざと無理をして道路を見つめていた。

いま車のなかには、彼女の香水とアルコールと少し煙草の臭いがしていたが、まこと頭にくる臭いだった。だがグラスは閉めたままにしていた。あいかわらず話はしないままだった。そいつはさらに半時間続いた。すると彼女はボックスを開けてまた二杯飲んだ。彼女は今度は暑くなってコートを脱いだ。それから彼女は俺に近づこうとごそごそやったので、俺は少し身をかがめ、ちょうど耳の下の首のところにキスしてやった。彼女は突然身を離すと、振り返って俺を見つめた。それからふき出した。ウィスキーが効きはじめていたのだと思う。俺はさらに五十マイルを何も言わずに運転していたが、ついに攻撃に移った。彼女はまたしてもウィスキーを飲んだ。

「具合悪いのか?」

「大丈夫」、ゆっくりと彼女が言った。

「老いぼれのリーなんかと出かけたくないってわけか?」

「おお、大丈夫よ!」

「姉さんに会いに行きたくないのかな?」

「姉さんの話はしないで」

「いい女の子だよ……」

「ええ、それにセックスもうまいんでしょ?」

俺は思わず息をのんだ。他の奴なら誰でもそんなことを俺に言ってもかまわないし、聞き流せる、ジュディとかジッキーとかB・Jとか、だがルーはだめだ。彼女は俺が凍りついているのを見て窒息するほど笑った。彼女が笑うときはだいぶ飲んでいるのだ。

「みんなそんな風に言わないの？」

「言うさ」、俺は同意した。「まさにそういう風に言うね」

「姉さんはそうするんでしょ？……」

「さあね」

彼女はまた笑った。

「いいのよ、リー、ほんと。私は口にキスして子供ができるなんてことを信じる年頃じゃないわよ！」

「誰が子供の話をしたんだ？」

「ジーンは赤ちゃんを心待ちにしてるわ」

「君はどうかしてるんじゃないのか？」

「言っとくけど、リー、そんなこと言い続けてもむだよ。知ってるといったら知ってるのよ」

「俺は姉さんと寝てないよ」

「寝たわ」

「俺はやってない、たとえやったとしても、姉さんは子供を心待ちになんかしてない」

「どうしていつも具合が悪いの？」

「ジッキーの家で具合が悪くなったけど、俺は子供をつくったりしてない。姉さんは胃が弱いんだ」

「じゃ他は？　そんなに弱くないでしょ？……」

そのあと、彼女は俺に飛びかかって殴ってきた。俺は首をすぼめてアクセルを踏んだ。彼女は全力でぶん殴った。たいしたことはなかったが、それでもこたえた。筋肉がないかわりに、運動神経があったし、テニスの練習で鍛えていた。彼女が殴るのをやめたので、俺は気合を入れた。

「気分はよくなったか？」

「とってもいい気分よ。ジーンも、あとで気持ちよくなったんでしょ？」

「何のあとだ？」

「セックスしたあとでしょ？」

彼女はこの言葉を繰り返すのがきっとうれしくてたまらなかったのだ。もしこのとき俺が彼女の股に手を突っ込んでいたら、間違いなく手を洗わなくてはならなかっただろう。

「おお！」、俺が言った。「姉さんはすでに誰かとやってたし！」

またしめった打ちだった。

「あなたは汚らわしい嘘つきよ、リー・アンダーソン」

彼女はこの骨折りのあと息を切らしていたが道路のほうを向いたままだった。

「セックスするなら君のほうがいいと思ってる」、俺が言った。「君の匂いのほうが好きだしあそこにもっと毛がある。でもジーンはセックスがうまい。俺たちが彼女を捨てたら、俺は彼女が恋しくなるだろうな」

彼女は身じろぎしなかった。こんなことにも他のことと同じように黙って耐えていた。俺のほうは胸が締めつけられたし、すぐに目がくらんだようになった、なぜなら気づきはじめていたからだ。

「私たちすぐやるの」、ルーがささやいた、「それともあとから？」

「何をするんだ？」、俺がささやいた。

俺は喋るのに苦労した。

「私とセックスしてくれる？……」、彼女があまりに低い声で言ったので、実際にそれを聞いたというより口の動きでわかった。

いまや俺は牡牛のように興奮していたし、ほとんど痛いくらいだった。

「その前に彼女を殺《や》っちまわないと」、俺が言った。

俺はただ彼女を完全につかんでいるかどうかを見るためにそう言った。

「嫌よ」、彼女が言った。

「そんなに姉さんが大事なのか、えっ？　おじけづいたんだ！……」

「待つのが嫌なの……」

俺にとって運のいいことに、ガソリン・スタンドが見えたので車を止めた。他のことを考えなければならなかった、そうでないと冷静さを失うところだった。俺は座ったまま満タンにするように男に言った。ルーはドアの握りを回すと、地面に飛び降りた。彼女が何かつぶやいたら、男は小屋を指差した。彼女は姿を消すと十分後に戻った。俺はそれを利用して少し柔らかくなったタイヤをふくらませ、男にサンドウィッチを持ってくるように言ったが食べることができなかった。

ルーが席に戻った。俺が男に金を払うと彼は寝に戻った。再び俺は車を走らせ、さらに一、二時間、猛スピードで運転しはじめた。ルーはもう動かなかった。眠っているようだった。俺は完全に気持ちが鎮まっていたのだが、突然彼女が伸びをして、ボックスを開けると、今度は立て続けに三杯飲んだ。

彼女が動くのを見るとまた興奮してきた。運転し続けようとやっていたが、十マイルほど先で道端に車を止めた。まだ夜だった。それでも夜明けが近いのがわかったし、この片隅に風はなかった。木立と灌木があった。半時間前に俺たちは町を通り抜けたのだ、たぶん。

俺はブレーキを強く締めると、瓶を取ってひと口飲んで、それから彼女に降りるように言った。彼女がドアを開けてバッグを取ったので、俺は彼女のあとについて行った。彼女は木立のほうへ向かい、二人がそこに着くと立ち止まって俺に煙草をくれと言った。煙草は車のなかに置いてきてしまっていた。俺が待ってろと言うと、彼女はバッグのなかを探ってそれを見つけたのだが、俺はすでに立ち去って車まで走っていた。酒瓶も取った。ほとんど空っぽだったが、後ろのトランクには他に何本か残っていた。

戻ってきたとき、うまく歩けなかったし彼女のところに着く前に俺はもう服のボタンをはずしはじめた。そのとき、拳銃の発砲の閃光が見えた、そしてまさにその同じとき、左の肘が吹っ飛んだ感じがした。俺の腕は胸郭にそってだらっと垂れ下がった。もしそのときうまくやっていなかったなら、肺に弾丸を受けていたところだった。

そんなすべては、一瞬のうちに頭によぎったことだ。次の瞬間、俺は彼女の上にのって、手首をねじ上げ、それから思いっきり力を込めてこめかみに一発くらわした、彼女が嚙みつこうとしていたからだ。だが変な姿勢になって、傷がめちゃくちゃに痛んだ。彼女はそいつをくらうと地面に崩れ落ちて動かなかった。だがこんなものでは俺の仕事はまだすんではいなかった。拳銃を拾ってポケットに突っ込んだ。俺のと同じようにただの二十五口径だったが、このあばずれはうまく狙いやがった。俺は走って車に戻った。左腕を右手で支えていたし、中国の仮面のようにしかめっ面をしていたにちがいないが、あまりに怒り狂っていたのでどのくらい自分が痛いのかわからなかった。

探していたもの、ロープだったのだが、そいつを見つけて戻った。ルーはもぞもぞ動きはじめていた。彼女の両腕を縛るのに一本の手しかなかったので苦労したが、それが終わると平手打ちをくらわしてやった。スーツのスカートをはぎ取ってセーターをひき裂いて、また平手打ちをくらわした。このくそいまいましいセーターを脱がせているあいだ俺は膝で彼女を押さえ込んでいたのだが、前を開けることができただけだった。夜が明けかかっていた。ちょうど彼女のからだの一部は木立のもっと黒い影のなかにあった。

このとき彼女は喋ろうとしていて、俺にはだまされないし警察に知らせるようにデックスに電話したところだし、それに姉を殺すなんて話をしたのでゴロツキだと思ったと言った。俺が笑いこけると、彼女も微笑のようなものを浮かべたので顎に拳骨をくらわしてやった。彼女の胸は冷たくて硬かった。どうして俺を撃ったのかと彼女に聞いて自分を抑えようとした。俺は汚らわしい黒人だし、デクスターからそう聞いたし、俺と一緒に来たのはジーンに知らせるためで、俺を誰よりも憎んでいると彼女は言った。

俺は再び笑いこけた。俺の胸は早鐘のように鼓動を打っていたし、両手は震え左腕は激しく出血していた。血の汁が前腕をつたって流れるのがわかった。

それで、俺の弟は白人に殺されたが、俺はそう簡単にはやられない、でも彼女はいずれにせよ死ぬのだと答えると、握った手を彼女の乳房に失神しそうになるまで押しつけてやったが、彼女は何も言わなかった。俺は死ぬほど彼女を殴りつけた。彼女がまた目を開いた。日が昇りかかっていて、彼女の目が涙と怒りできらきら光るのが見えていた。俺は彼女の上にかがみ込んだ。俺は獣のようにくんくん嗅いでいたように思うが、彼女はわめきはじめた。俺は彼女の股のどまんなかに噛みついた。黒くて堅い毛を口いっぱいに頬張った。少し放して、それからまたもっと下のもっと柔らかいところに噛みついた。俺は香水まみれになっていた、彼女はそんなところにまで香水をつけていたのだが、俺は歯をぎりぎりと締めつけた。俺は彼女の口に手を当てようとしたのだが、彼女は豚みたいにわめいていた、お前らに鳥肌を立たせる叫び声だ。それで俺が全力で歯を締めつけると、内側まで食い込んだ。口のなかに血が噴き出してくるのがわかったが、ロープで縛っているのに腰が動いていた。俺は顔中血だらけになったので、膝をついたまま後ずさりした。一度たりともこんな風に女が叫ぶのを聞いたことはなかった。突然、パンツのなかに全部ぶちまけているのに気づいた。これにはかつてないほど動揺したが、誰かが来るのではないかと怖くなった。マッチをすって、彼女がひどく血を流しているのを見た。最後に俺はまずは右の拳骨で顎のあたりをぶん殴りはじめ、歯が折れるのがわかったがやめなかった、叫び声を聞きたくなかったのだ。もっと強く殴り、それからスカートを拾って口の上にぴったり押しつけてから彼女の顔の上に座った。彼女はうじ虫みたいに動いていた。彼女がこれほどしぶとい生命力を持っているとは思ってもみなかった。あんまり激しい動きをするので左腕が取れてしまうのではないかと思ったほどだ。いまやあまりに激しい怒りにかられていたので、彼女の皮を剝いでしまいかねないほどだったことに気づいた。それで俺は立ち上がると、足蹴りを入れてとどめを刺すことにし、喉に靴を横向きにのせて全体重をかけて踏みつけた。彼女が動かなくなると、またしても回復するのではないかと感じた。いま俺は膝ががくがく震えていたし今度は自分が目を回してしまうのが怖かった。

19

シャベルとつるはしを探しにいってそこに彼女を埋めるべきだったのだろうが、いまや警察が怖かった。ジーンをばらしてしまうまでは捕まりたくなかった。きっといま俺を導いていたのは弟だ。俺はルーの前にひざまずいた。彼女の手を縛っていたロープをほどいた。手首には深い跡がついていたし、死んだばかりの死人たちがそうであるように触るとぶよぶよしていた。すでに乳房は形が崩れていた。顔からスカートは取らなかった。もう彼女の顔を見たくなかったが、腕時計を取った。彼女の持ち物が何か必要だったのだ。

突然自分の顔のことを思い出して車まで走った。バックミラーで見てみると、どうにかすべきであるほどたいしたことがないのがわかった。少しのウィスキーで顔を洗った。腕はもう血を流していなかった。なんとか腕を袖から引き出し、マフラーとロープで上半身のまわりにしっかり結びつけた。泣きそうになった、それほど痛かったのだが、なにしろ腕を折り曲げなければならなかったからだ。とにかくうまくいったので、トランクから二本目の瓶を取り出した。かなり時間を使ってしまい日が昇るところだった。車からルーのコートを取って彼女にかぶせに行ったが、そいつを持ち歩くのが嫌だったのだ。脚の感覚がなかったが、手の震えは少しおさまっていた。

再びハンドルの前に座って車を出した。彼女はデックスに何を言ったのだろう。警察のことが気になりはじめたが、ほんとうはそんなことは考えていなかった。バック・ミュージックのように、それは背後にあった。

今度はジーンをものにしたかったし、妹を叩きのめしながら二度味わった感覚をもう一度感じたかった。俺がずっと探していたものを見つけたばかりだったのだ。警察はうんざりだったが、完全に別の次元の話だ。だからといって望みどおりのことをやる妨げにはならなかったし、俺のほうがずいぶんリードしていた。

奴らは俺を捕まえるために走り回らなければならないだろう。走破すべき三百マイルたらずが残っていた。もう左腕はほとんど麻痺して血は出つくしていた。

20

到着する一時間前くらいだろうか、俺はいろんなことを思い出しはじめた。はじめてギターを手にした日のことを覚えている。隣りの家で、隣人がこっそり俺にレッスンしてくれた。俺が練習したのは一曲、『聖者が町にやって来る』だけだったが、ブレーク付きで完全に弾けるようになったし、しかも同時に歌えるようになった。それである晩、家族を驚かそうと思って隣りのギターを借りてきた。トムは一緒になって歌いだした。弟は大喜びで、まるで列をなしたパレードのあとをついていくようにテーブルのまわりで踊りはじめた。棒を持って、そいつをくるくる振り回した。そのとき親父が帰ってきて、一緒に笑って踊った。俺は隣人にギターを返したのだが、翌日ベッドの上にギターがあるのを見つけた。中古品だがまだとても良いものだった。毎日、少しずつ練習した。ギターというやつは、お前らを怠け者にする楽器だ。手に取って、一曲弾く、それからそれを置いて、ぼんやりすると、また手にして一つか二つのコードをかき鳴らすか口笛を吹きながら伴奏する。日々はこうしてあっという間に過ぎていく。

道の途中でがたんと揺れたので突然俺はわれに返った。うとうとしていたみたいだ。左腕の感覚はもうまったくなかったがひどく喉が渇いていた。気分を変えるために昔日《せきじつ》にまた思いを馳せようとした、なにしろ早く着きたくてたまらず、意識を取り戻すとすぐ、俺の心臓は胸のなかで音を立てていたし右手はハンドルの上で震えはじめたからだ。運転するのに片腕では足りなかった。トムは今頃何をしているのだろう。たぶん彼は祈っているか、それとも子供たちに何かを教えているかだ。トムのおかげで俺はクレムにたどり着いたし、バックトンの町に三ヶ月いて、本屋をやって結構いい稼ぎになった。ジッキーのこと、水のなかでセックスしたときのことも思い出した、あの日、なんて水は透明だったろう。若くて、すべすべしていて、裸で、まるで赤ちゃんみたいだったジッキー、すると突然そいつはルーのことを、黒くて濃くて縮れた茂みのことを、彼女を嚙んだときの味を、股の香水の匂いとともに、甘くて、少し塩からくて、熱い味を思わせたが、まだ耳のなかに彼女の叫び声があった。額にそって汗がしたたり落ちるのがわかったが、このくそいまいましいハンドルを放してそれを拭うことはできなかった。胃がガスでふくれ横隔膜を圧迫し肺を押しつぶすような感じがしたし、ルーが耳のなかで叫んでいた。ハンドルの上のクラクションのボタンに手が届いた。道路用はエボナイトの輪で、まんなかの黒いボタンは市街用だったが、二つ同時に押しつぶして叫び声をかき消そうとした。

ほぼ時速八十五マイルくらいで走っていたにちがいない。これ以上早くは行けなかったが、道は少し下りはじめていて、針が二、三、四ポイントと進んでいくのが見えた。しばらく前から真昼間になっていた。いまでは車がすれちがっていたし何台かを追い抜いた。数分後、二つのボタンを放した、オートバイの警官に出くわすかもしれなかったし、それにあいつらをまくのに十分ガソリンがなかったからだ。着いたらジーンの車に乗ればいいが、いやはや、俺はいったいいつ着こうとしていたのだろう?……

俺は車のなかでうなりはじめ、歯を食いしばって、もっと早く行こうと豚のようにうなりはじめていたのだと思うが、速度をゆるめずにターンしたら、タイヤがすさまじい音をたてた。ナッシュは激しく転がったが、ほとんど道の左側に寄ったあとバランスを取り戻したので、アクセルを最後まで踏み続けたのだが、今度は笑いがこみ上げてきて、『聖者が町に……』を歌いながらテーブルのまわりを回っているときの弟みたいにうれしくなったし、それにもう怖くなんかなかった。

21

ホテルの前に着くとそれでもあの汚らわしい震えが戻ってきた。十時半近くになっていた。ジーンは、彼女に言っておいたように昼食をとるために俺を待っているはずだった。右側のドアを開けてそっち側から車を降りた、なにしろ俺の腕はどうしようもなく、他にやりようがなかったからだ。

ホテルは地方によくある白い建物で、ブラインドは下ろしてあった。この辺りは、十月の終わりだというのにまだ陽射しが強かった。階下の広間には誰もいなかった。広告が謳っていた贅沢な豪華ホテルからはほど遠かったが、ぽつんと離れていたので、これ以上のものは求められなかった。

数えてみると他に一ダースほどの掘建て小屋があり、そのうちのガソリン・スタンドはビストロになっていて道路から引っ込んだところにあったが、たぶんトラックの運転手のための店だった。俺はホテルから出た。覚えているかぎりでは、眠るための一戸建てはホテルから離れていたが、道路から右に折れて走っている両側に不恰好な木々やしみだらけの草が生えているこの道のどん詰まりにあるのだと思った。俺はナッシュを置いてそっちに行った。道はすぐに曲がり、これまたすぐに、まあまあきれいな二部屋からなるあばら屋の前にあったジーンの車に行き当たった。俺はずかずか入っていった。

彼女は椅子に座って眠っているようだったし、顔色が悪かったが、いつもながらドレッシーな装いだった。俺は起こそうと思った。と同時にちょうど電話――電話があったのだ――が鳴り出した。俺は馬鹿みたいにあわてて電話に飛びかかった。心臓がまた口から出そうになっていた。俺は電話を切ると即座にまた切った。電話をかけてくるのはデクスターだけだ、デクスターか警察だということはわかっていた。ジーンは目をこすっていた。彼女は立ち上がり、俺はわめき声をあげさせるほど彼女にキスした。もう少しだけさらに彼女は目を覚ました。俺は彼女のまわりに腕を回して連れ出そうとした。そのとき彼女が俺の空っぽの袖を見た。

「どうしたの、リー？」

彼女はおびえているようだった。俺は笑った。まずい笑い方だった。

「どうってことない。車から降りるときうっかり落ちたので、肘を痛めちまった」

「でも血が出てるわよ！」

「ほんのかすり傷さ……おいで、ジーン。こんな旅はうんざりだ。君と二人っきりになりたい」

そのとき、また電話が鳴り出したのだが、そいつはまるで電流が電線のなかを走るかわりに俺を通り抜けていったかのようだった。俺は自分を抑えることができず受話器をつかむと床に投げつけた。

最後に踵で踏んづけた。突然、ルーの顔を靴で踏みつぶしているような感じがした。俺はまた汗をかき、もう少しでとんずらしてしまうところだった。口がぶるぶる震えていたのがわかっていたし気違いみたいに見えたにちがいない。

幸いジーンはしつこく言わなかった。彼女が外に出たので自分の車のなかに座っているように言った。ちょっと遠出して静かにしてからあとで昼食に戻ろう。だいたい昼食の時間だったが、彼女はどっちでもいいみたいだった。彼女が心待ちにしていた赤ん坊のせいで、あいかわらず具合が悪かったのだと思う。俺はアクセルを踏んだ。俺たちを座席にたたきつけながら車は出発した。今度こそ、ほぼ終わったのだ。このモーターの音を聞くと、俺の平静さが戻ってきた。電話の言い訳をするためにジーンに何か言った。彼女は俺の調子がおかしいことに気づきはじめていたし、そろそろ分別を失うのはやめにするときだった。彼女は俺にぴったり身を寄せて俺の肩に頭をのせた。

二十マイル行くまで待って車を止める場所を探した。この場所は、道路が土手になっていた。斜面を降りればいいだろうと思った。車を止めた。ジーンが最初に降りた。俺はポケットのなかのルーの拳銃を手で探った。すぐにそれを使いたくはなかった。片腕でさえジーンをやっちまうことができた。彼女は靴紐を結び直そうと身をかがめたが、腰のラインがはっきり出ている短いスカートの下から太腿が見えた。俺は口が乾くのを覚えた。彼女が茂みのそばで立ち止まった。座ると道路から見えない一角があった。

彼女は地面に横になった。そこですぐに彼女をものにしたが、こっちは最後までいかなかった。彼女のいまいましい腰の動きにもかかわらず、俺は気持ちを鎮めようとした。俺自身はなんともなかったのに、その前に彼女をいかせることができた。そのとき俺は彼女に話しかけた。

「有色人種と寝るといつもそんなに感じるのか?」

彼女はなにも答えなかった。彼女は完全にぽかんとしていた。

「だって俺はな、八分の一以上は混じってるんだぜ」

再び彼女が目を開いたのでせせら笑ってやった。彼女はわけがわかっていなかった。それで洗いざらい彼女に話してやった。つまり弟の話を全部、どんな風に弟がある娘と恋に落ちたのか、それからどんな風に娘の親父と兄が弟につきまとったのかを。俺はルーと彼女をどうしたかったのか、そして一人に対して二人に代償を払ってもらいたいと彼女に説明した。俺はポケットのなかを探り、ルーの時計バンドを見つけて彼女に見せた、それから妹の目玉を持ってこなかったのは残念だが、俺が彼女に提供したばかりの俺の発明になるちょっとした治療のあと、目玉がだめになりすぎたと言った。

これ全部を言うのに苦労した。言葉がひとりでに出てこなかった。彼女はそこにいて、目を閉じ、スカートが腹までめくれ上がったまま地べたに伸びていた。俺はまたしても背中にそってぞくっと何かが来るのを感じたし、俺の手は我慢できずに彼女の喉を締め上げた。それはやって来た。それがあまりに強力だったので彼女を放したほどだったし、俺はほとんど立ち上がっていた。すでに彼女の顔は青ざめていたが、動かなかった。なにもせずに首を絞められるがままだった。まだ息をしていたにちがいない。俺はポケットからルーの拳銃を取り出すと、ほとんど銃口を押しつけて首に二発撃った。血がどくどくほとばしりはじめた、ゆっくりと、不規則に、湿った音をたてて。彼女の目からまぶたを通してちょうど白眼がのぞいているのが見えた。彼女が縮んだようになったし、そのとき彼女は死んだのだと思う。もう顔を見ないように彼女をひっくり返し、それからまだ彼女が温かいうちに、彼女の部屋のなかですでに彼女にやったことをやった。

すぐあとたぶん俺は気を失った。意識を取り戻したとき、彼女は完全に冷たくなっていたし動かすのは不可能だった。それで彼女を置き去りにして車のほうへ向かって斜面を登った。なんとか脚を引きずっていけた。きらきらしたものが目の前をよぎっていった。ハンドルの前に座ると、ナッシュのなかにウィスキーがあることを思い出したが、手の震えがまたぶり返した。

22

カラッグス巡査部長はパイプを机の上に戻した。

「奴は絶対逮捕できないな」、彼が言った。

カーターがうなずいた。

「やってみることはできますよ」

「八百キロの車で時速百マイルでぶっ飛ばしている奴を二台のオートバイで止めるのは無理だな」

「やってみることはできます。命がけですが、やってみることはできます」

バローはまだ何も言っていなかった。痩せて、茶色の髪をした、不恰好な大男だったが、しまりのない口調だった。

「俺はやりますよ」、彼が言った。

「それじゃ行くか」、カーターが言った。

カラッグスが二人を見た。

「君たち」、彼が言った、「命がけだが、昇進ものだ、成功すればな」

「いまいましい黒人野郎に国中に火をつけられて血まみれにされるわけにはいかないです」、カーターが言った。

カラッグスは何も答えず、自分の腕時計を見た。

「いま五時だ」、彼が言った。「十分前に電話があった。奴は五分後に通りかかるはずだ……通るとすればな」、彼がつけ加えた。

「奴は娘を二人殺した」、カーターが言った。

「それに修理工場の経営者も」、バローがつけ加えた。

彼はコルトが腿に当たっているのを確かめて扉のほうへ向かった。

「すでに奴を追ってる連中がいる」、カラッグスが言った。「最新の情報では、まだ続行中だ。ハイオク車がいま出発したし、もう一台も出るはずだ」

「出発したほうがいいな」、カーターが言った。「俺の後ろに乗れよ」、カーターがバローに言った。「一台のバイクで行こう」

「規則違反だぞ」、巡査部長が文句を言った。

「バローは射撃がうまいんです」、カーターが言った。「たったひとりでは運転と射撃はできません」

「おお！　うまくやってくれ！」、カラッグスが言った。「俺は知らんぞ」

インディアンのカーターはひと蹴りでスタートさせた。バローは出発しかかっていたカーターにしがみついていた。彼は反対向きに座り、カーターと背中合わせになって、革のベルトで互いをくくった。

「町から出たら、すぐにスピードをゆるめてください」、バローが言った。

「こりゃ規則違反だな」、ほぼ間髪を入れずにカラッグスがぶつくさ言って、物憂げにバローのオートバイを見た。

彼は肩をすくめて警察署に戻った。ほとんどすぐにまた出てくると、すさまじいエンジン音をたてて通り過ぎたばかりの大型の白いビュイックの後部が消えるのを見た。それからサイレンの音が聞こえ、四台のオートバイ――四台いたってわけだ――とオートバイを追う一台の車が通り過ぎるのを見た。「なんちゅう道路だ！」、またしてもカラッグスがぶつくさ文句を言った。今度は、そのまま外にいた。

サイレンの音がだんだん弱まっていくのが聞こえた。

23

リーはむなしく歯をがちがちやっていた。全体重をかけてアクセルを踏みつけているあいだ、彼の右手はハンドルの上を神経質に動いていた。目は充血し、顔は汗まみれだった。ブロンドの髪は汗と埃でべったりとくっついていた。耳を澄ますと、自分の後ろのサイレンの音にかろうじて気づいたが、彼らが撃つには道路はあまりにひどかった。すぐ前にオートバイがいるのが見えたのでそいつを追い越そうと左にそれたが、オートバイは距離を保っていたかと思うと突然、フロントガラスに放射状の罅《ひび》が走り、小さな四角いかけら状になった粉々のガラスの破片を顔面にまともに受けていた。オートバイはビュイックに対してほとんど動いていないように見えたしバローは射撃スタンドにいるみたいに念入りに狙いをつけていた。リーには二発目と三発目の閃光が見えたが、弾は的をはずした。いまや彼は道にそってジグザグ運転をして弾丸をかわそうとしていたが、またもやもっと顔の近くでフロントガラスに罅が入った。彼はいま激しい風を感じていたが、風は四十五口径なら浴びせることができる大きな銅の鋳塊がぶち抜いたまんまるの穴から入り込んでくるのだった。

そのあと彼はビュイックが加速しているような感じがした、オートバイに近づいていたからだが、反対にカーターがスピードをゆるめつつあるのが突然わかった。足が軽くアクセルから持ち上がるあいだ彼の口は曖昧な笑いを浮かべた。まだ二つの乗り物のあいだはやっとのことで二十メートルはあったが、十五になり、十になった。リーは再び踏み込めるだけ踏み込んだ。すぐそばにバローの顔が見え弾丸のショックで思わず飛び上がったが、右肩を貫通していた。彼はハンドルを放すまいと歯を食いしばってオートバイを追い抜いた。ひとたび前に出ると、もう何の危険もなかった。

道路はいきなりカーブしまたまっすぐになった。カーターとバローは彼の後ろの車輪にずっとぴったりくっついていた。サスペンションがあるのに、ちょっと道が揺れたりするともう手足が折れたような感じがしていた。彼はバックミラーを見た。いまだ視界には二人の男しかいなかったが、カーターが減速して道端に止まると、いい向きに座り直すのが見えた、だっていま危険を冒して彼を追い越そうとすることなんかできなかったからだ。

道路は百メートルのところで右に分岐していた。建物のようなものがリーに見えた。加速するのをやめることなく、彼は道沿いの耕されたばかりの畑を横切って突っ込んだ。ビュイックは半分向きを変えるくらい恐ろしい勢いで跳ね上がったが、すべての金属部分が軋むなか彼はうまく態勢を立て直し、納屋の前で止まると、扉までたどり着いた。いまや二本の腕がたえず彼を苦しめていた。上半身に結わえつけた左腕の血流が回復しはじめ痛みのあまりため息が漏れ出た。彼は屋根裏に通ずる木の梯子のほうへ向かい格子の上に飛び乗った。すんでのところで平衡を失いかけたが、信じられない身のこなしでからだをよじって平衡を取り戻しざらついた木でできたぶっとい円柱の格子のひとつに歯でひっかかった。彼はあえぎながらそこに途中でとどまっていたが、棘が唇を引き裂いていた。再び口のなかに熱い血の塩辛い味を感じてどれほど顎を噛みしめたのかに気づいた、ルーのからだから飲んだ熱い血だ、彼女の年齢にはそぐわないフランスの香水の香りのする股のあいだで。ルーの痛めつけられた口と血でねばねばになったスーツのスカートが目に浮かんだが、再び彼の目の前をきらきらするものが踊った。

ゆっくりと、やっとの思いで、もっと上までいくつか格子を上ったが、外ではけたたましいサイレンの音が響いた。ルーの叫び声がサイレンの喧騒に重なり、そいつがうごめいてあらためて彼の頭のなかで生きようとし、彼はまたルーを殺しにかかり、屋根裏の床にたどり着いたとき、同じ感覚、同じ快感が再び彼をとらえた。外で物音がやんだ。やっとのことで、いまやほんの少し動かしても苦痛でしかない右腕を使わずに、天窓のほうへ這っていった。彼の前には、見渡すかぎり黄色い土の畑が広がっていた。陽は傾きそよ風が道路の草を揺らしていた。右の袖のなかをからだにそって血が流れていた。彼は少しずつ精魂尽きていった、それから震えはじめた、というのもまた恐怖に襲われたからだ。

いま警察が納屋を包囲していた。彼らが自分に呼びかけるのが聞こえたので、彼の口が大きく開いた。喉が渇いて、汗だくだったし、奴らを罵ってやりたかったが、口がからからにかわいていた。彼のそばに小さな血溜りができ、膝のところまで達するのが見えた。彼は木の葉のように震え歯をがちがち鳴らしていたが、梯子の格子の上で足音がしたとき、わめきだした、最初はにぶいわめき声だったが、だんだん大きくなり高まっていった。ポケットから拳銃を取ろうとしていたが、ものすごい頑張りと引き換えに取り出すことができた。彼のからだは壁にへばりついていた、青い制服の男たちが現れる出入口からできるだけ遠いところに。彼は拳銃をつかんだが、撃つことはできなかった。

音はやんでいた。そのとき彼はわめくのをやめた、すると頭が胸の上にがくっと垂れた。ぼんやりと何かの音が聞こえた。時が流れ、それから銃弾が腰のあたりに当たった。彼のからだはだらっとなってゆっくりと崩れ落ちた。納屋のお粗末な床板の上でほんのひと筋の涎が口とつながっていた。彼の左腕をしっかりとめていたロープが青く深い跡を残していた。

24

村の連中はそれでも彼を吊るした、なぜなら黒人だったからだ。ズボンの下に、彼の下腹部がまだ滑稽なふくらみをつくっていた。

訳者あとがき

　本書『お前らの墓につばを吐いてやる』*J'irai cracher sur vos tombes* は、一九四六年にスコルピオン社から出版された。旧邦訳『墓に唾をかけろ』（伊東守男訳）はタイトルとしてはすでに有名であるし、捨てがたい趣きがあるのだが、今回はヴィアンの原題により忠実でいることにした。

　タイトルに関しては、サルトルの雑誌『レ・タン・モデルヌ』に寄稿していた妻ミシェルの助言もあったらしく、しかもこのタイトルは聖書から借りた言葉だとヴィアンはのちに述べていたが、私の知る限りそんな言葉は聖書のなかには見当たらない。

最初に出版されたとき、著者名はヴァーノン・サリヴァンという偽名で、序文と翻訳をボリス・ヴィアンが担当したことになっていた。実質的には、はじめて刊行されたヴィアンの本となった（ボリス・ヴィアン名義の最初の本『ヴェルコカンとプランクトン』や、代表作である『うたかたの日々』と『北京の秋』の刊行は一九四七年）。ヴァーノン・サリヴァン名義の本としては他に三冊、『死者たちはみな同じ肌』（邦題『死の色はみな同じ』、一九四七年）、『醜いやつらは皆殺し』（一九四八年）、『彼女たちには判らない』（一九五〇年）があり、これら四作すべてが、アメリカ風ハードボイルドの影響を受けたフランス暗黒小説《ロマン・ノワール》の先駆的作品、またはそのパロディーである。ヴィアンはレイモンド・チャンドラーの仏訳者であり、ピーター・チェイニー、ヴァン・ヴォークトなどの翻訳も手がけていた。

そしてこれらの小説の憤怒の底には、人種差別に対するヴィアンの憎悪があったことは言うまでもない。小説はその点ではっきりと意図されたものである。彼は伊達《だて》にジャズが好きでジャズ・ミュージシャンをやっていたわけではない。すでにアメリカの黒人ジャズの巨人たちがこぞってパリへやって来ていた。実際、当時の黒人差別はひどいものだったし、ヴィアンの黒人に対する敬愛の念は、たぶんフランス人に対してよりも日常的に大きかったに違いない。その意味で、本書はヴィアンの主著のひとつなのである。

そしてあとで触れるつもりだが、別の意味でも、右に挙げた初期小説の刊行の日付は重要だ。一九四四年にナチス・ドイツからパリが解放され、その翌年に第二次世界大戦が終わったばかりだった。なんといってもこの本は終戦の翌年に書かれ刊行されたのだった。

出版の経緯はこんな感じである。サン・ジェルマン・デ・プレの変わり者で、カフェ「フロール」の常連だった顔見知りの出版社社長ジャン・ダリュアンがボリス・ヴィアンに尋ねた。

「よう、ボリス、なんかいい原稿ないか？　ヘンリー・ミラーの『南回帰線』

みたいなのがいいんだけどな」

「あるよ」

「何?」

「アメリカの黒人作家ヴァーノン・サリヴァンの暗黒小説とか」

「知らないな」

「そんな作家はいないけどね」

「じゃあ、何だ?」

「半月もあれば一冊まるごと僕がでっち上げてやるよ。翻訳したことにすればいい」

「いいね、よし、それをやろう」


最初、この本は小説作品として批評界からほとんど無視されたが、少しするとこの小説に憤慨した一部の批評家はこの作品をヘンリー・ミラーのそれになぞらえ始めた。これはヴィアン自身によってすでに序文に書かれていることだったし、ご多分に洩れず、二流の批評家たちは誰かが言ったことしか言わないのが通例である。まあ、ヘンリー・ミラー云々は、それはそれで名誉なことだったし、ボリス・ヴィアンは悪い気はしなかったはずだ。

だがしだいにボリス・ヴィアンが書いたのではないかという噂が立ち始める。自分は著者ではないといくら言い張っても無駄な空気になっていた。ヴィアンは自分が著者ではないと主張するために、この小説の原作として架空の英語版まででっち上げ、出版しているが、火に油を注いだだけだった。ジャーナリストたちによってヴィアンが書いたのではないかという疑惑が大きくなり、疑心暗鬼に陥った大手ガリマール社はヴィアンの小説『北京の秋』の出版を拒否したほどである。当時、擁護したのはガリマールの編集者で作家のレーモン・クノーだけだった。クノーはヴィアンと版元の社長ジャン・ダリュアンの味方だった。だがそれでも本はあまり売れない。

ところがお節介でしつこい告発者が降って湧いたように現れる。ダニエル・パーカーとかいう御仁と彼の白痴的右翼グループ「社会道徳行動連合」である。すでに誰もが知っていたヘンリー・ミラーの小説の暴力性に関係づけられたことも逆に災いした。パーカーは暴力および性描写による風俗紊乱《びんらん》の廉《かど》でこの本を告発したのだ。著者が誰であるのかヴィアンがさんざんごまかし続けたこともあって、一度起訴は見送られた。まだこのときは騒動を面白がっていたフシのあるヴィアンは、著者のヴァーノン・サリヴァンは私ではないとわざわざインタヴューに応じることまでしていたくせに、しかしそれでも挑発をやめなかった。ヴィアンは次に手ずからこの小説を戯曲化し、芝居にする。芝居はヴェルレーヌ座で上演されたが、本をめぐるスキャンダルは大きくなる一方だった。噂によってイヴ・モンタンやジュリエット・グレコたちも芝居の宣伝に協力させられるはめになったが、マスコミが騒ぎ立てるばかりで、芝居の結果も評判もさんざんなものだった。

一九四八年十一月、ボリス・ヴィアンはとうとう自分がこの本の著者であることを公式に認める。もっともそれを認めた後も、ヴィアンは自分が罪をかぶるのはサリヴァンを救うためだなどとまだ平然とうそぶいて、マスコミと世間をコケにするのをやめなかった。幸か不幸か、本はすでに一九四七年の大ベストセラーとなっていた。予審判事の勧めもあってヴィアンは著者であることを認めたのだが、先のダニエル・パーカーたちも黙ってはいなかった。

裁判の結果、一九四九年、ついに『お前らの墓につばを吐いてやる』は発禁処分となる。ボリス・ヴィアンは罰金刑に処せられ、おまけに税務署からはとんでもない額の賠償金を要求される。本が売れたのでしばらくは悠々自適だったヴィアンもとうとう借金まで抱え込み、夫婦ともこれらの騒動にうんざりしたのか、二人の仲もぎくしゃくしてしまうことになる（その後、妻のミシェルとは離婚。ミシェルはヴィアンとも仲の良かったジャン・ポール・サルトルの愛人になった）。

こうして生活の面においてはこの本の影響は生涯ずっと続くことになる。だが最後にとどめの一発が残されていた。一九五九年にこの小説は映画化されることになるのだが、皮肉と悪ふざけをさらに加味してヴィアンは映画シナリオを書いたにもかかわらず、シナリオはプロデューサーにまったく理解されず、拒否され、別のシナリオが使われた。そして映画試写会の日、差し替えられた新しい脚本が気にくわなかったヴィアンは気乗りしないまましぶしぶ会場に出かけ、嫌々見ていたその試写中に心臓発作を起こし、三十九歳の生涯を閉じることになったのである。墓につばを吐くことは、すべての悲喜劇がそうであるように、とんでもない物語を生きることだったのだ。

一九二〇年、ボリス・ヴィアンはパリ近郊で生まれた。病弱で、心臓病を患った。トランペットは心臓に悪いと医者に忠告されても、彼は最後まで自分をいたわることはなかった。一九四一年、ミシェル・レグリーズと結婚。学生時代、ヴィアンは理数系に強かったので、最初の職業はフランス国家計量局の技師である。すぐにサン・ジェルマン・デ・プレのクラブでトランペットを吹き始め、その界隈の寵児となり、四〇年代半ばから小説を書き出す。戦後すぐのことだった。

ボリス・ヴィアンが二十近い職業を持つことになったからといって、作家たるものがどうやって食っていけばいいのか、という由々しき問題の答えにはまったくならない。ボリス・ヴィアンは数多くのペンネームを使い分け、あらゆる文学ジャンルに手を染めただけではない。技師をやめた後、ほぼ同時に、つまり一度に、詩人、小説家、文芸批評家、翻訳家、劇作家、ジャズ・ミュージシャン、シャンソン歌手、作詞家、作曲家、ジャズ評論家、オペラやバレエの台本書き、映画監督、映画脚本家、俳優、レコード会社のディレクター、画家、美術評論家となった。

ボリス・ヴィアンは「職業がひとつなんて、売春婦みたいだ」と悪態をついていたが、しかし彼は結局のところ作家であり、プロのミュージシャンであるにすぎなかったのではないかと私は思っている。いくら頭のなかがめまぐるしかったとしても、やったのはほとんどひとつ事なのだ。あとの職業は、金がないことも手伝って（裁判の後しばらくして彼はすってんてんになっていた）、よくある話だが、ひと儲けしようと企んだ当時のサン・ジェルマン・デ・プレの人間関係のなかで、悪友その他が才能溢れる彼を利用しついでにほとんど彼に無理強いした余禄みたいなものだった。彼は働きすぎで早逝してしまったと考えられるのだから、つまりこんなものはどれもやる必要のない仕事だったのかもしれない。

ところで、フランスはかろうじて第二次世界大戦の戦勝国だったとはいえ、戦争直後のフランスの若者にとって、いつの時代も同じようなものだが、やはり未来は不安であやふやなものだった。薔薇色なんかではなかった。未来の生活も行動も思想も混乱と幻滅のなかにしかありえなかった。彼らにとっても、広島と長崎への原爆投下によって「原爆の世紀」はすでに始まっていたし、われわれが想像する以上に彼らがそのことを強く意識していたことは間違いない。ボリス・ヴィアン自身、「原爆のジャヴァ」という曲の歌詞を書き、歌っていた。

レジスタンス派の勝利によって、ナチス・ドイツの占領からパリは解放されたが、パリ全体も、もちろんサン・ジェルマン・デ・プレ界隈も、そして人心も、荒廃の極みにあった。フランスには親ナチ、対独協力というごく近い過去があった。

パリをわが物顔でぎゅうじっていた親ナチ派に対する報復として、町のあちこちで住民によるリンチが頻発した。処刑も行われた。戦争犯罪者たちと無名戦士の墓。そして不思議なことに誰もが突然抵抗運動マキの英雄になった。まさか！　レジスタンス神話！　ド・ゴール？　えっ？　かつて密告が横行したように、嘘も逃亡も横行したに違いない。パリの街路では、すべてがマロニエの木蔭ですっかり泥水をかぶってしまったのだ。若者たちはうんざりしていたはずだった。のちにヴィアンはレジスタンス神話を徹底的にこき下ろした戯曲『屠殺屋入門』を書き上げるが、芝居は二流の劇場でしか上演されることはないだろう。フランスは旧約聖書の時代のようにまるで二分されたままだった。フランスの歴史とフランス人の無意識にとって戦中のヴィシー政権と戦後のアルジェリア戦争は二つのトラウマだったのだし、その問題は間違いなくいまも尾を引いている。

戦中に活躍したつもりだった文学者はどうなのか。文学者も多くのツケを支払わされることになった。ナチス占領下でヴィシー政権支持のくだらない文章を書きまくったブラジアックはあれこれあった末に銃殺刑に処せられた。セリーヌはデンマークに亡命して尾羽打ち枯らし、ジャン・ポーランに代わってガリマール社の『NRF』誌の編集長におさまっていたドリュ・ラ・ロシェルは逮捕直前になって自殺した。九死に一生を得たブランショはやがて極左に転向するだろう。ドリュ・ラ・ロシェルは元パリ・ダダのメンバーだったことがあったくらいだし、戦前の右翼だった彼らはみんな三〇年代の「共産主義かファシズムか」の世代だったのだ。

ボリス・ヴィアンは荒廃と活気が入り混じる戦後のサン・ジェルマン・デ・プレのスターになったが、彼は戦争に深く刻印されただけではなく、まぎれもなく戦争を心底憎む戦後作家のひとつの在り方だった。彼の代表作となった小説の内容はもちろんのこと、刊行の日付がそれを示している。先で言ったように、それらの妥協を排したユビュ風の作品は戦後すぐに書かれたのだ。彼の真骨頂はそこにあったと私は考えている。ボリス・ヴィアンの悪ふざけが何らかの反抗のしるしか発作でなかったことは一度もない。当時はただのジャズですら普通のフランス人には受け入れ難いものだったはずだ。おまけに彼は有名な「脱走兵」の歌詞を書き、歌もうたったし（すぐに放送禁止になった）、こんな詩も書いている。

俺はくたばりたくない
夢も見ないで眠りこける
メキシコの黒犬
熱帯をむさぼり食らう
むき出しの尻をした猿たち
あぶくでいっぱいの巣にいる
銀色に光る蜘蛛たちと
知り合いになるまでは
俺はくたばりたくない……

ボリス・ヴィアンはサン・ジェルマン・デ・プレの地下クラブでトランペットを吹きまくっただけではなく、寿命を縮めるくらい働きづめだったに違いない。

人生において誰もがその人のうちでその人を完結せざるを得ないのはわかり切ったことだ。ボリス・ヴィアンの場合は、文章にジャズ・ミュージシャンさながらの独特の速度があっただけでなく、あらゆることにせっかちで、生き急いでいたように見える。そうはいっても、彼にとっても戦後のサン・ジェルマン・デ・プレの生活は愉快だったはずである。ボリス・ヴィアンは『サン・ジェルマン・デ・プレ入門』という本を書いているくらいだから、ここに彼がランボーの言う「場所と公式」を求めたことは間違いない。場所と公式は探し当てられたのだろうか。誰にとってもその問いに答えるのは難しいが、彼はまさにここで生き急ぎ、そして死ぬことになった。

戦後のサン・ジェルマン・デ・プレには、ファッション雑誌等々でご存じのとおり、多くの有名人が顔を見せていた。サルトルとボーヴォワール、カミュ、メルロー・ポンティ。だがいかにサルトルが超有名人だったとはいえ、サン・ジェルマン・デ・プレにたむろしていた黒ずくめの若者たちは、全員が実存主義者の学生ばかりではなく、誰もがサルトルの信奉者だったわけではない。シュルレアリストの残党も、誕生したばかりのレトリストたちもいた。実存主義一色のサン・ジェルマン・デ・プレなど、ヴィアン自身が言っていたように、三文ジャーナリストが苦し紛れにでっち上げたいいかげんな話にすぎない。彼が『サン・ジェルマン・デ・プレ入門』を書いた動機はそこにあった。

レーモン・クノーやジャック・プレヴェール。フランスの暗黒小説叢書、つまりヴィアンにも影響を与えたはずのフランス風ハードボイルド、暗黒小説シリーズのことだが、叢書「セリー・ノワール」の創設者であり総指揮官だったマルセル・デュアメル。ヴィアンもこの叢書から翻訳を出している。たしかにセリー・ノワールの哲学があったのだし（哲学者ジル・ドゥルーズはこのロマン・ノワールの叢書によっていわゆる探偵小説は死んだと言っていた）、フランス映画の「フィルム・ノワール」はすぐ隣りに位置することになったどころか、この叢書はフランス映画それ自体に影響を及ぼしたと言っていい。

サン・ジェルマン・デ・プレには古参の連中もいた、アルトーや、ピカビアや、アメリカへの亡命から戻ったブルトン、デュシャン、エルンスト。コクトーやバタイユやツァラもいた。サン・ジェルマン・デ・プレの画家といっていいヴォルスや、ジャコメッティ、マッタ。ジャン・ジュネ。エジプト出身の放浪作家アルベール・コスリー。アルトーの弟子だったロジェ・ブランや多くの俳優たちとその卵。

ボリス・ヴィアンと並び称され、友人でもあった戦後サン・ジェルマン・デ・プレの寵児、役者で歌手だったジュリエット・グレコはひと際目立っていた。それに名だたるアメリカのジャズ・ミュージシャンたちがパリに大挙してやって来ていた。デューク・エリントンも、少し後にはマイルスも。ボリス・ヴィアンは敬愛していたデューク・エリントンのパリ公演のプロモーターになった。

シュルレアリストたち、そしてのちにシチュアシオニストの源流となったイジドール・イズーとレトリストの詩人たち。のちの映画監督にして思想家、一九六八年五月革命の火つけ役となる若きギー・ドゥボールもそこにいた。のちにウィーン幻想派の画家となったエルンスト・フックスも。

街をうろつき、一日中カフェにたむろし（この点で有名なカフェはいくつもあったし、今もまだ残っている観光客に人気のカフェもあるにはあるが、いちいち列挙するのはあまりに空しいのでやめることにする）、ヴィアンも演奏していたクラブ「タブー」その他で朝まで踊り狂い、安ホテルの部屋や泊めてもらえる寝ぐらがなければ、メトロの駅で野宿する多くの若者たち。戦争孤児たちもブルジョワの子弟も一緒くただった。彼ら若者によって未来は拒否された。精神錯乱は保証済みだし、しかも後からすればほとんど愛嬌みたいなものだったのだから、不必要といえば不必要なのかもしれない。はっきり言って、これらの連中は残念ながら最近では絶滅危惧種に近い。かっぱらい、麻薬の売買、その他の犯罪まがいのこともたまには。まあ、彼らは、言ってみればフランス風ビートニクス、フーテン族や都会的ヒッピーのハシリだったと言えるのだが、その魅力的な風貌は、エルスケンの写真集『セーヌ左岸の恋』やその他の写真、ジャック・バラティエの記録映画『想い出のサンジェルマン』でもうかがい知ることができる。

実際、それらの中心にほんとうにボリス・ヴィアンがいたのかどうかはわからないが、ヴィアンが日常生活のなかで彼ら若者たちを鼓舞し、そそのかし、元気づけるようなことをやっていたのは、伝記作者たちの筆致からしても確かなことなのだろう。彼自身、自分を鼓舞していたフシがある。なぜなのかはしかとはわからない。いたるところに反抗があった。生き急いだヴィアン。退屈だったヴィアン。そうとしか言いようがない。ボリス・ヴィアンはけっしてサン・ジェルマン・デ・プレのおしゃれな文化人などではなかったのだ。

アルフレッド・ジャリをその先祖とする楽しい前衛的結社「コレージュ・ド・パタフィジック」は、ジャン・モレ男爵、クノー、ヴィアン、ノエル・アルノー、デュシャン、マン・レイ、エルンスト、デュビュッフェ、プレヴェール、イヨネスコ、エーコなどの他に数学者や科学者をメンバーに擁していたが、ヴィアンが死んだとき、彼を讃えて「卓越せる暴君」の称号を送ったのだった。

ボリス・ヴィアンは悪ふざけの「陰謀」によって作家としてのキャリアを開始した。この場合、作家、そして地下クラブで夜通しペットを吹きまくったミュージシャンは分かち難いものとしてある。当時のサン・ジェルマン・デ・プレの状況と風俗はその舞台を提供した。反抗と悪ふざけとアイロニーと軽蔑とメカニックな文学は日常の常套手段だったし、彼の旺盛で飽きっぽい想像力はそれに手を貸した。そして裏側には、もう一度言うが、さらにあらゆるジャンルにわたる反抗、人種差別への激しい嫌悪と戦争反対があった。六〇年代に、とりわけ六八年五月革命の前後、フランスの若者たちの間で、いや、日本を含めた多くの国でボリス・ヴィアンが復活したのはそれ故だったのである。

この小説の新訳もまた河出書房新社編集部の阿部晴政氏との共謀によって実現した。ありがとう。

二〇一八年二月

鈴木創士

Boris Vian (Vernon Sullivan)
J'irai cracher sur vos tombes

お前《まえ》らの墓《はか》に
つばを吐《は》いてやる

二〇一八年 五 月一〇日 初版印刷
二〇一八年 五 月二〇日 初版発行

著 者 ボリス・ヴィアン
訳 者 鈴木《すずき》創士《そうし》
発行者 小野寺優
発行所 株式会社河出書房新社
〒一五一-〇〇五一
東京都渋谷区千駄ヶ谷二-三二-二
電話〇三-三四〇四-八六一一（編集）
〇三-三四〇四-一二〇一（営業）
http://www.kawade.co.jp/

ロゴ・表紙デザイン 粟津潔
本文フォーマット 佐々木暁
本文組版 KAWADE DTP WORKS
印刷・製本 凸版印刷株式会社

Printed in Japan ISBN978-4-309-46471-8

ピエール・リヴィエール　殺人・狂気・エクリチュール

M・フーコー編著　慎改康之／柵瀬宏平／千條真知子／八幡恵一〔訳〕 46339-1

十九世紀フランスの小さな農村で一人の青年が母、妹、弟を殺害した。青年の手記と事件の考察からなる、フーコー権力論の記念碑的労作であると同時に希有の美しさにみちた名著の新訳。

神の裁きと訣別するため

アントナン・アルトー　宇野邦一／鈴木創士〔訳〕 46275-2

「器官なき身体」をうたうアルトー最後の、そして究極の叫びである表題作、自身の試練のすべてを賭けて「ゴッホは狂人ではなかった」と論じる三十五年目の新訳による「ヴァン・ゴッホ」。激烈な思考を凝縮した二篇。

タラウマラ

アントナン・アルトー　宇野邦一〔訳〕 46445-9

メキシコのタラウマラ族と出会い、ペヨトルの儀式に参加したアルトーがその衝撃を刻印したテクスト群を集成、「器官なき身体」への覚醒をよびさまし、世界への新たな闘いを告げる奇跡的な名著。

有罪者

ジョルジュ・バタイユ　江澤健一郎〔訳〕 46457-2

夜の思想家バタイユの代表作である破格の書物が五〇年目に新訳で復活。鋭利な文体と最新研究をふまえた膨大な訳注でよみがえるおそるべき断章群が神なき神秘を到来させる。

ブレストの乱暴者

ジャン・ジュネ　澁澤龍彦〔訳〕 46224-0

霧が立ちこめる港町ブレストを舞台に、言葉の魔術師ジャン・ジュネが描く、愛と裏切りの物語。“分身・殺人・同性愛”をテーマに、サルトルやデリダを驚愕させた現代文学の極北が、澁澤龍彦の名訳で今、甦る!!

花のノートルダム

ジャン・ジュネ　鈴木創士〔訳〕 46313-1

神話的な殺人者・花のノートルダムをはじめ汚辱に塗れた「ごろつき」たちの生と死を燦然たる文体によって奇蹟に変えた希代の名作にして作家ジュネの獄中からのデビュー作が全く新しい訳文によって甦る。